영화광 김정일의
아름다운 여인들

영화광 김정일의
아름다운 여인들

김병관 실화 장편소설

북인

차례

1 어머니의 모습	9
2 영화 시사회	20
3 회한의 눈물	35
4 개자식	52
5 사랑의 이별	70
6 유부녀의 수	84
7 누구의 아들인가	99
8 1호 말씀	110
9 여인의 심정	120
10 사상투쟁	141
11 바람이 분다	165
12 음탕한 자의 보복	183
13 무언의 저주	202
14 종장	212
후일담	239

영화광 김정일의
아름다운 여인들

1 어머니의 모습

1

그는 요즘 마음이 불안하고 무엇에 쫓기는 것 같은 생각을 버릴 수 없다. 『영화예술론』을 발표한 지 몇 달이 지났어도 학계는 그만두고라도 예술인들 속에서 학습과제라 떠들기는 해도 진심으로 받아들이는지 속심을 누가 알겠는가. 사람의 인정머리는 바람이 부는 대로 흔들리는 것이 천직이다. 분명 누가 그 글을 써주었다고 수군거리는 것 같아도 누구, 누구를 짚어낼 수도 없다. 알 만한 사람들은 김정일이 장문의 필력이 없다는 것을 알고 있다. 이 문제는 자신이 불쾌하게 생각하면서도 피할 수 없이 받아들여야 하는 것이 현실이다.

연출가 최익규가 연극영화대학 교원 이억일에게 김정일의 방침이라고 책의 구성과 내용을 추려서 이야기하고 쓰도록 했다.

그는 남포 우산장으로 내려가 6개월 동안 쓴 원고를 연출가 오병초에게 넘겨주었다. 그는 모스크바영화대학을 졸업하고 국립연극극장 연출가로 있다. 강홍식의 요구로 영화촬영소로 자리를 옮겨 신인들의 연출을 총괄하고 있었다. 그는 20세기 초 러시아 영화 〈전함 포템킨〉〈파업〉 등을 연출한 에이젠시테인의 당시 사회의 복잡했던 환경과 이론을 추려 정리한 『에이젠시테인 연출론』을 발표하고 다시 영화 〈어머니〉〈페테부르크의 종말〉 등을 연출한 푸토킨의 이론을 추려 정리하여 『푸토킨 연출론』을 발표했다.

두 권의 책은 19세기 러시아 연출가 스타니슬라프스키의 4권으로 된 『배우수업』과 러시아 문학평론가 벨렌스키의 4권으로 된 이론들과 함께 예술인들의 필수도서로 되었다. 연극영화대학 학생들은 교과서처럼 가지고 다녔고 20세기 초중반 1930년대 재능있는 연출가 나윤규의 제자들과 친지들의 회상실기 『나윤규와 그의 예술』이라는 책이 발표되면서 예술계를 풍성하게 하던 때였다.

이억일이 김정일의 이름으로 쓴 『영화예술론』은 그 책들에서 필요한 요점들을 긁어 나름대로 자기의 설명과 뜻을 붙여 만든 책이다. 어쨌거나 김정일의 뜻이라니 오병초가 뭐라고 하겠는가, 좋다고 했다. 책을 출판하기 전 당내의 특별지령으로 오병초가 쓴 책들, 나윤규에 대한 회상실기, 러시아의 이론들을 전부 회수하고 내놓은 책이 『영화예술론』이다. 사회가 아무리 일인체제라 해도 인간의 가슴속에 묻혀 있는 양심이 꿈틀거리는데 왜 부끄럽지 않겠는가. 그는 스스로 불안하고 초조했다.

그런데 문제는 이억일이 그 책을 자기가 썼다고 농담 반 진담 반으로 떠든 것이다. 대학에서 강의하면서 이론상 문제로 학생들이 반박하자 "야, 그 문제는 내가 그 책에 썼어. 내 말은 비준 말이야." 그때부터 "내 말은 비준 말이야"라는 속어나 생겨나 1970년대 중반에는 중학생들까지 "야, 내 말은 비준 말이야"라는 헛소리가 심심치 않게 돌았다. 중앙에서는 그런 말을 함부로 쓰지 못하게 지방 조직들에 지시를 내려보내기까지 했다.

이억일은 방정스러운 입 때문에 평양의 외진 삼석구역 탄광에서 사상검토를 받고 굴속에서 혁명화를 겪어야 했다. 그래도 최익규의 관심으로 지방으로 추방되거나 정치수용소로 끌려가지 않았다. 그때부터 입을 다물고 벙어리처럼 고개를 숙이고 다녔다. 그런 모습이 안쓰러웠던지 그 후 최익규의 추천으로 부교수직을 받았다. 그 직은 김일성, 김정일이 주는 것이다.

2

김정일이 개인 신분으로 영화촬영소에 처음 나타난 것은 1961년 7월 김일성을 따라 모스크바를 방문하고 돌아와 대학생이 된 그해 가을이었다. 이종순 시나리오, 천상인 연출 〈벗들이여 우리와 함께 가자〉에서 김현숙의 연기는 놀라리만큼 매력이 넘치는 처녀였다. 늘씬하지 않아도 다부진 몸매는 활달한 산림대 부대장(심영 역)의 딸로 파르티잔 공작원(엄길선 역)의 마음을 끄는 밝고 당찬 모습이 청년들의 가슴을 설레게 했다. 사람들은 영화의 주인공 처녀가 정말로 처녀로 생각할 만큼 실감나는 연기였다. 남편은 10년 형으로 교도소에 끌려간 아들과 딸이 있는 외로운 아줌마였다.

그녀의 모습은 19세 청년의 눈에서 떠나지 않았다. 계란형 얼굴에 밝은 황토색의 부드러운 살결은 탐스러웠다. 수줍은 듯 눈길을 내리면서 웃어보는 입가의 미소는 사진으로 그대로 남기고 싶었다. 김정일은 경호원 없이 혼자 시내로 나오는 듯 승용차를 몰고 영화촬영소로 향했다. 도착하니 일요일이라 일반 배우들은 없고 촬영소의 고문격인 강홍식 시나리오 작가, 이종순 주동인 연출가, 오병초 박학 천상인 작곡가, 김길학 촬영가, 정익환 미술가, 이도익 원로배우, 유원준과 신인 엄길선이 있었다.

엄길선은 함경북도 경성에서 산중의 높은 철탑을 오르내리던 전기배선공이었다. 영화배우가 되기까지 어려운 사연이 있다. 18세 어린 나이에도 덩치가 성큼해 무거운 전선도 힘들지 않게 들고 내렸다. 화술연습을 한다고 혼자 주절거리기도 했고 휴식시간에 배우의 실기연습이라고 사람들을 웃기기도 했다. 누가 있거나 없거나 그의 연습은 열정적이었다.

전쟁이 방금 끝난 때라 어디서나 사람이 귀했다. 연극영화대학 입학을 위해 평양으로 가겠다는 요구를 사무실에서 일손이 모자라는 형편에 보낼 수 없다고 했다. 멀리 현장에 있는 지배인을 찾아갔다. 그의 희망찬 말을 듣던 지배인은 그동안 일을 잘했다고 흔쾌히 보내주었다.

난생처음 평양에 올라온 그는 누구에게 주눅이 들지 않는 뱃심이라 여기저기 물어보면서 평양 2백화점 앞에 있는 아파트 형식으로 벼락같이 지은 4층 건물에서 몇 가지 필기시험을 치르고 인물심사는 대학의 실무책임자였던 나웅(소설가 나도향 삼촌)에게 받았다. 첫 대면에 인물로는 볼품없는 산골 촌놈이었다. 우둥퉁하고 준비했다는 실기연습도 장거리에서 흔히 볼 수 있는 고구마장사의 싸구려품이었다. 불합격이다. 그렇다고 어디에 거처할 곳이 있는 것도 아니다. 평양에 왔던 김에 모란봉이나 둘러보자는 심사로 거리를 지나 산으로 올라보니 자기는 높고 깊은 산길을 타던 걸음이라 나지막한 산언덕이었다. 전쟁의 시련을 어떻게 이겨냈는지 경치가 아름다웠다. 푸르른 대동강이 산중의 촌놈인 자기를 반겨주는 것 같아도 마음은 천 근 무거웠다.

오늘 밤차로 떠나야겠는데 열차표가 문제다. 돈이 있어도 차표를 받을 수 없다. 평양역 주변은 차표를 사려는 사람들로 인산인해를 이룬다. 역으로 발길을 돌렸다. 국립연극극장(지금 인형극장) 앞을 지나 천천히 걸었다. 연극 〈이순신 장군〉을 공연하던 때라 사람이 바글바글했다.

자기는 바라볼 수 없는 일이라 휘파람을 불며 걸었다. 그때 연극영화대학 사무장 나웅이 학생들과 같이 연극을 보려고 오고 있었다. 상의를 벗어 어깨에 걸치고 두 손을 바지 주머니에 넣고 흔들흔들 부는 휘파람 소리가 처량하게 울렸다. 홍난파의 노래 〈봉선화〉였다. 걷는 자세가 한 편의 실기였다. 나옹은 1930년대 홍난파와 친분이 있기도 했지만 저녁거리에서 휘파람 소리로 듣는 것이 신선했다. 그때까지만 해도 제일주의 사상체계를 심하게 떠들던 때가 아니어서 누구나 애절한 마음으로 들을 수 있었다.

동행하던 학생을 시켜 불러세우고 보니 낮에 자기가 심사했던 촌놈이었다.

"자네 나를 알겠나?"

"예, 나를 떨궈버린 선생님 아닙니까?"

그렇게 세워놓고 보니 영 쓸모없는 녀석은 아닌 것 같았다.

"지금 어디 가나?"

"청진행 열차를 타려는데 표를 구할 수 없습니다."

슬쩍 웃으며 넉살을 부린다.

"선생님, 혹시 차표를 구해주실 수 있습니까, 보답은 잊지 않고 꼭 갚아 드리겠습니다."

이 자식이 웃기네….

"자네가 열차를 타고 떠나가면 그만이지 어떻게 갚겠나?"

"선생님, 나는 명년에 와서 선생님 앞에서 면접을 다시 받겠습니다."

농담이라도 그럴듯한 대답이었다.

"허, 그래…, 자네 합격일세."

"지금 말입니까?"

"그래!"

그때는 소도 말할 수 있다고 떠들던 시절이라 그렇게 될 수도 있던 때였다. 엄길선은 그렇게 연극영화대학 학생이 됐고 후에 지금처럼 멋진 배우가 되었다. 그때까지 미혼으로 촬영소 숙소에서 생활하고 있었다.

3

영화인들은 김정일이 19세 대학생으로 상체를 뒤로 젖힌 작달막한 신체라도 어린 시절 왕자의 신분으로 김일성과 함께 예술영화촬영소에 왔던 것이라 사무실로 모셨다. 1948년 강홍식 연출, 유원준 박학 유경애의 연기로 해방 후 처음으로 만든 영화 〈내 고향〉을 아버지와 어머니의 손을 잡고 신기한 눈으로 여기저기 둘러보았던 기억이 그리운 곳이다.

기록물전시실에는 그때 어머니 김정숙이 우뚝 선 말같이 큰 기계를 가리키며 저것이 활동사진을 찍는 기계(촬영기)라고 설명해주시던 사진들이 있었다. 어머니의 젊으셨던 모습이다. 자기가 가지고 있는 사진첩에는 없다. 그 시절을 돌아보면 분명 있었던 것 같은데…, 왜 없을까. 혹시…? 다음해(1949년) 어머니는 32세의 젊은 나이로 갑자기 돌아가셨다. 지금 계셨으면…, 꿈에도 그리운 모습이다. 사진에서는 자기를 보고 웃고 계신다. 어머니! 손수건으로 눈을 더듬고 누구에게라 것도 없이 조용히 물었다.

"이 영상을 현상해주겠습니까?"

키가 큰 강홍식이 허리를 굽히며 정중히 대답했다.

"예, 잘 준비해 드리겠습니다."

그리고 촬영가 정익환에게 물었다.

"화질을 밝게 할 수 있지요?"

"예, 그렇게 준비하겠습니다."

그런 새로운 사진에서 어머니의 웃는 모습을 보고 싶었다.

"고맙습니다."

영화인들은 김정일의 깊은 추억에 마음이 숙연했다. 밖으로 나오면서 이번에 영화를 잘 만들었다고 대학생들이 좋아한다고. 그런 말은 김일성이 영화를 보고 침이 마르도록 칭찬했던 것이지만 과분한 치하에 감사하다고 인사를 드렸다. 그들의 요구로 사진도 함께 찍었다. 그 사진은 후일 예술영화촬영소 기념관에 전시되어 있다. 그들은 차가 보이지 않을 때까지 멀리 배웅했다.

김정일은 영화를 보면서 그토록 탐이 났던 김현숙을 눈앞에서 직접 보지 못해 마음이 허전했다. 영화에 대한 학생들의 열기는 대단했다. 어떤 학생은 세 번을 보았다고 어떤 학생은 다섯 번 보았다고. 사실인지는 알 수 없지만, 학생들은 자기들끼리 열띤 토론을 하기도 했다. 그 중심은 김현숙이었다. 학생들의 심리는 그녀의 연기보다 아름다운 미의 매력이 먼저였다. 이런 의욕은 김정일 자신도 부인하고 싶지 않았다.

한편 우인희가 출연했던 영화 〈춘향전〉은 이몽룡을 기다리는 처녀의 애절한 모습이 눈에 선하다. 변학도의 억압에도 굴하지 않는 처녀의 의지를 누가 막으랴. 전설 같은 이야기지만 영화의 연기는 실화의 주인공이었다. 그때가 중학교를 졸업하고 고교생이 되던 때였다.

영화에서 춘향으로 나오는 여인은 어디서 왔는지 처음 보는 인물이었다. 와 저 여자는 어디서 왔지…, 개성에서 왔다고 했다. 그러면 남쪽에서 왔다. 어른들의 이야기로는 남남북녀라고 그쪽 처녀들은 인물이 없다고 했는데…. 첫인상은 성큼한 키에 얼굴의 살결이 밝고 환했다. 눈이 검실검실 시원스럽게 크고 의젓하면서도 순진한 모습이 좋았다. 수줍게 웃는 모습은 어딘가 모르게 친근한 인상이었다. 그녀는 누구든 곁에 있으면 푸근한 목소리로 아양스럽게 티를 내지 않는다. 너그러운 모습 그대로 상대를 꾸밈없이 바라본다. 사사로운 감정으로 냉정하게 밀어버리지 않는다. 그런 경우도 좋은 말로 미안하다고 편하게 돌려보낸다. 그것이 매력이라면 또 다른 미의 모습이다.

김현숙 우인희와 같은 동년배로 성혜림은 이지용 시나리오, 박학 연출 〈분계선 마을에서〉에 첫 출연으로 김일성의 평가를 받았다. 작품은 개성연극단에서 이지용 극본, 황철의 제자로 재능있는 젊은 연출가 이서향 지도로 만들어 연극축전 참가로 올라온 것을 김일성이 보고 영화로 만들라고 했다.

영화의 주역을 연기한 성혜림은 김정일이 '유라(김정일의 본명)'로 불리던 어린 시절부터 알고 지내던 사이었다. 그 시절 불가리아 주재 대사 임춘추에게 부탁한 고급 장미화장품 한 조를 그녀에게 선물했다. 파르티잔 시절 그는 어머니 김정숙과 같은 지역구의 혁명전우였다.

김유라가 아무르훈련기지에서 태어나 아장아장 걸을 때 하루 세 끼 밀가루 음식만 먹으니 입맛이 돌지 않아 투정을 부리며 울었다. 엄마는 아기를 달래며 눈물을 흘렸다. 임춘추는 두만강을 건너 만주에서 입쌀을 한 배낭 지고 돌아왔다. 적 후의 수백 리 길이었다. 그때부터 아이가 밥을 먹고 추서기 시작했다.

남산학교에 다니던 유라는 전쟁이 방금 끝났던 때문인지 자기와는 서먹서먹 놀아주는 아이들이 별로 없었다. 언제나 외로웠다. 곁에는 작가 이기영의 둘째 아들 이종혁이 있었다. 일요일이나 방과 후 자전거를 타고 대동문 영화관 곁에 있는 문화인아파트 그의 집으로 놀러다녔고 후에는 오토바이를 타고 다녔다. 같은 아파트에 살아서인지 집에는 이종혁의 형 이평과 가까운 듯 자기를 다정히 불러주는 성혜림이 있었다.

김유라는 12세 성혜림은 18세 누나로 불렀다. 유라가 중학생이 되고 성혜림이 영화배우로 되면서 가까이 만나볼 기회가 없었다. 오늘은 지난 날을 돌아보면서 그들을 만나보고 싶었는데 아무도 만나지 못하고 돌아가는 마음이 서운해도 어머니의 그 시절 모습을 다시 보게 된 것이 좋았다. 분명 내가 어렸을 때는 그런 사진들이 있었던 것 같은데….

길녘으로 펼쳐진 형제산 벌의 황금 나락이 끝없이 설레고 있었다. 승용차를 멈추고 내렸다. 13년 전 그(1948년)때도 이런 가을날이었던 것 같다. 붉은 석양에 끝없이 펼쳐진 풍년든 환영幻影이 어머니의 모습으로 어디선가 멀리 오시는 것 같아 그리움에 마음이 젖는다.
"어머니!"

2 영화 시사회

1

　김정일이 예술영화촬영소에 정직으로 나오기 시작한 것은 대학을 졸업하면서부터였다. 당시는 경호원과 당중앙위원회 지도원(부원)이 서기로 동행했다. 촬영소에는 사무실도 있었고 간소한 침실도 꾸렸다. 그때부터 예술영화촬영소에는 부비서 직책만 있었다. 당비서는 사실상 김정일인 셈이다. 모든 사업은 그의 지도와 비준을 받아야 했다.
　그가 영화사업을 지도하면서 가장 심혈을 기울여 만든 영화가 천세봉 장편소설 『안개 흐르는 새 언덕』 전후 편을 각색한 것이다. 영화인들이 총동원되면서 만들었다. 그는 자기의 직접적인 지도(간섭)로 만들어진 것이어서 만족한 기분으로 아버지 김일성에게 선보였다.

당중앙위원회 청사에서 진행된 시사회에는 소설가 천세봉을 비롯한 영화의 책임일군들이 참가했다. 전후 편으로 된 긴 영화가 끝났어도 김일성은 아무 말을 하지 않았다. 몹시 언짢은 기색이다. 침묵이 흘렀다. 누가 뭐라고 입을 열 수 없었다. 한쪽에 기분이 한껏 들떠 있던 김정일도 뭐라고 나서지 못했다.

김일성은 자리에서 무겁게 일어서면서 한마디 던졌다.

"영화를 폐기하시오."

김정일이 성급히 일어서며 불렀다.

"수령님?"

그는 김일성이 영화의 후편에서 여인들의 반나체 영상을 염두에 두고 그러는 것 같아 조심스럽게 말했다.

"우리나라에서는 그만두어도 해외는 내놓을 수 있지 않겠습니까?"

그를 흘겨보며 한마디 거칠게 던졌다.

"너는 아직 몰라."

김정일은 일군들 앞에서 아버지(김일성)의 엄한 질책을 이렇게 호되게 받는 것은 어른이 되면서 처음이었다.

김일성은 이대로 끝내서는 안 되겠는지 자리에 앉으며 불렀다.

"총장."

허백산이 엉거주춤 일어서며 어줍게 대답했다.

"예?"

탄광이나 수용소가 눈앞에서 오락가락 두 다리가 떨렸다.

"영화를 왜 이렇게 만들었소?"

"…?"

"누가 이렇게 했소?"

총장은 김정일의 지도로 만들었다고 말하려 해도 분위기가 무거워 모두의 심정을 담아 조심스럽게 말했다.

"저희들이 그렇게 만들었습니다."

버럭 소리쳤다.

"누가 책임진다는 이유가 있을 게 아니오?"

천세봉이 조심스럽게 일어났다.

"수령님, 제가 소설을 잘못 썼습니다."

"무엇을 잘못 썼다는 거요?"

"제가 아직 우리 당의 혁명노선을 잘 체득하지 못하고 있었습니다. 앞으로 반성하면서 작품을 다시 쓰겠습니다."

그는 소설이 발표된 직후 평론가들과 독자들의 논평(문학신문)에서 잘못을 스스로 짚고 있었다.

"언제 입당했소?"

"1945년 10월입니다."

"공산당에?"

"예."

"음, 노 당원이오. 6·25 때 고원 파르티잔 부대에 있었다지?"

"예."

고원 파르티잔 대장 임동철은 김일성의 아내 김정숙이 파르티잔 시절 의형제 오빠였다. 이야기가 진행되던 시기 그는 중앙검찰소 소장이었다. 김일성은 감회가 새로운지 고개를 끄덕이며 말했다.

"동무가 잘못을 알고 있소."

그리고 잠시 사이를 두고 말을 이었다.

"영화는 일본에서 좌익운동을 하던 사람들이 들어와 혁명을 시작하는 것으로 돼 있는데 나는 그때 일본에 가려고 하지 않았고 그런 생각을 가져보지 않았소. 우리의 혁명은 평양에서 시작된 철저히 주체적인 방향을 가지고 일으킨 장엄한 투쟁이었소."

김일성은 자기의 노선을 절대화하지 않았다는 것에 기분을 확 뒤집어버린 것이다. 사람들이 모두 자리에서 숭엄하게 일어나고 총장이 허리를 굽히고 정중히 말씀드렸다.

"수령님께 심려를 끼쳐 죄송합니다."

김일성이 소설가 천세봉, 시나리오 작가 이종순을 비롯한 창작가들을 삭주로 불러 이야기하면서 그 중 김책의 지나온 생활을 이야기하면서 이런 사람의 글을 쓰면 좋은 작품이 될 것이라고 했다. 그렇게 쓴 작품이 이종순 시나리오 『한 지대장의 이야기』는 김일성의 높은 평가를 받았고 천세봉 소설 『안개 흐르는 새 언덕』은 이렇게 엄한 질책을 받게 되었다.

2

천세봉은 양덕 산골에서 단편소설들, 중편소설 「흰 구름이 피어나는 땅』을 발표하면서 소설가로 이름을 알렸고 계속하여 『석개울의 새 봄』 전 3권을 조선문학 잡지에 연재하면서 독자들의 주목을 받았다. 장편소설 『대하는 흐른다』는 문학의 새로운 지평이라고 했다. 평론가 윤세평은 원고를 받아 보고 철학적 사색이 짙은 작품이라고 했다. 그때까지 문학에서 농촌을 주제로 한 작품은 이기영의 『땅』, 황건의 『개마고원』, 이근영의 『첫 수학』 『청천강』 등을 능가하는 작품으로 『석개울의 새 봄』 『대하는 흐른다』였다. 그 후에 주목할 만한 작품이 『안개 흐르는 새 언덕』이다. 김정일은 김일성의 강한 질책을 받았어도 영화를 캄보디아에서 진행되는 예술축전에 보냈으면 하는 의견을 조심스럽게 말했다.

"돌아와서는 전부 폐기하시오."

"예."

한숨을 돌리게 되었다. 김일성은 사람들을 둘러보며 마음이 한결 풀린 목소리로 불렀다.

"소설가 동무."

천세봉이 성급히 일어서며 대답했다.

"예?"

"앞으로 소설을 어떻게 하겠소?"

"전면 수정하겠습니다."

"옳소, 그렇게 하시오. 소설을 다시 발표하기 전에 노동신문에 반성문을 큼직하게 내도록 하시오. 그래야 우리 당의 주체문학이 어떤 것인지 사람들이 똑똑히 알게 될 것이오."

"예, 수령님의 가르침을 받들겠습니다."

그러나 세월이 흘러도 반성문은 나오지 않았고 소설도 개작하지 않았다. 천세봉은 시간이 없다고 소설을 개작할 필요 없이 전면 폐지하자면서 김일성의 총서 『불멸의 역사』편 『혁명의 여명』을 쓰고 김정숙의 일대기 『충성의 길에서』 전후 편 등을 썼다.

소설 『안개 흐르는 새 언덕』 전후 편이 처음 발표됐을 때 독자들의 반영이 폭풍 같았다. 김정일이 소설가 한설야, 무용가 최승희, 만담가 신불출, 영화배우 심영 등을 숙청하고 양덕에 있는 천세봉을 대려다 작가동맹위원장으로 앉혔다. 지난 세대의 창작가들을 거의 지방으로 밀어내면서 처리하였다. 문학예술 전반이 어수선하던 시기라 누가 어떤 주제로 작품을 쓸 것인가, 뒤숭숭하던 때 나온 소설이어서 독자들의 반응이 대단했다. 의견은 두 갈래였다. 하나는 당의 노선이 애매하다는 것이고, 다른 하나는 대작이라는 긍정이었다. 평론가들의 의견도 두 갈래였다.

김정일의 대학동기생 평론가 한중모는 절대적인 긍정의 글을 발표했고 평론가 이종호는 당의 노선이 애매하다고 구체적인 사실을 짚어가며 비판했다. 김정일은 한중모의 평론이 잘된 분석이라고 했다. 그는 사실상 김정일의 의견을 듣고 그대로 발표했다. 평론가들과 창작가들, 독자들의 의견은 이종호의 평론을 중시하면서도 뭐라고 말할 수 없었다.

영화 시사회에서 김일성의 강한 질책을 받으면서 한중모의 존재는 조용히 사라졌다. 엄격한 장형준이 분과위원장으로 있는 작가동맹 평론분과에 있지 못하고 사회과학원으로 은거해 들어갔다. 그러나 그는 후에 김정일의 『주체문학론』을 써주고 박사, 교수, 원사의 명예를 모두 받을 수 있었다. 그는 대학을 졸업하면서 한설야의 문학과 생활을 종합 편집한 논문을 발표하고 평론가로 등장했었다. 그 후 영화는 전후 편을 여러 갈래로 뜯어 이것저것 붙여 다시 만든 것이 영화의 제목도 김일성을 찾아간다는 뜻으로 '내가 찾은 길'이다.

3

캄보디아 예술축전 대표단으로 갔던 성혜림은 돌아와 김정일에게 특별히 주문으로 만든 구두를 포장함에 넣어 조용히 드렸다. 구두는 그의 작은 키를 염두에 두고 만들었다. 구두 안 깔창 뒤편 높이를 1센티미터, 본창을 1센티미터, 뒤축 높이를 3센티미터 그러면 합계 5센티미터다. 김정일의 키 157센티미터 정도에 5센티미터를 더하면 162센티미터가 된다. 사람의 키에서 5센티미터를 더하면 상당한 높이였다. 정성스럽게 쓴 설명도 있었다. 될 수 있으면 바지를 뒤축이 가려지게 길게 입으시라고 상의는 바틈한 것보다 허리를 늘이는 반코트가 어울릴 것이라고 머리도 될 수 있으면 일으켜 세우는 것이 좋을 것 같다고, 그러면 키는 훨씬 커보일 듯하다. 작은 신체에 몸이 부푼 것이어서 살이 찐 돼지털같이 머리카락이 성글어 곁에서 보면 멀건 머리의 생살이

들여다보인다. 그런 것을 가리기 위해서도 필요했다.

김정일은 1949년 9월 일곱 살 때 어머니 김정숙이 갑자기 죽고는 지금까지 누구도 자기의 신상에 대해서 이렇게 차근차근 일깨워주지 않았다. 어릴 때부터 통통한 체질에 바지가 아래로 흘러내려 땅에 끌리는 것이 귀찮고 보기 싫었다. 계모 김성팔(김성애의 본명)은 일군들에게 바지를 아예 짧게 입히도록 했다. 본인도 그렇게 입으니 아이들의 놀음이라 뛰어다니기 편했다. 그런 생활이 습관처럼 이어져 신체가 작을수록 옷을 어떻게 입어야 하는 인식을 별로 느끼지 못했다. 그가 성인이 되면서는 그런 차림을 본인의 요구로 받아들이면서 곁에서 누가 감히 이렇다 저렇다 말할 수 없게 되었다. 자기에 대한 성혜림의 마음씀씀이 지금까지 느끼지 못했던 그리움이 눈물이 나도록 고마웠다. 어쩌면 누나 같으면서도 어머니 같은 보살핌이었다.

성혜림은 어쩌다 같이 있게 되면 조용히 "장군님"이라 불렀다. 왜 그렇게 부르냐고 물으면 차분히 웃으며 "앞으로 장군님이 되셔야지요"라고 정중히 대답했다. 어릴 때는 자기가 "누나"로 불렀는데…. 연풍호를 함께 다녀와서는 누구도 알 수 없이 평양시 교외 강서에 있는 평양 방어사령부 내 초대소에서 동거생활을 시작하면서부터 실제로 그렇게 했다. 새벽이면 떠나기 전에 전기기기로 머리칼들을 반곱슬머리로 일으켜 세웠고 바지는 발뒤축을 가리게 하고 반코트를 간편히 입도록 했다. 그녀는 집에서 빈손으로 있지 않았다.

어머니가 1930년대 자기들을 키우면서 옷을 만들어 입히던 것처럼 김정일의 옷을 직접 재단하고 한 뜸 한 뜸 만들어 그것을 견본으로 재봉사들이 옷을 만들도록 했다. 어머니 김원주는 집안일에서 재봉은 여자의 필수라면서 그 시절부터 가르쳤다. 독자들이 1960년대 후반부터 그 시절 김정일의 기록영화를 보면 배가 톡 나온 동글한 신체가 아니고 긴 바지에 반코트로 어딘가 모르게 성큼해 보이는 남다른 기품을 편하게 느낄 수 있었다.

김정일에 대한 성혜림의 보살핌은 아내 이상으로 계모의 쌀쌀한 눈 밖에서 어설프게 자란 외로운 아이를 살피는 엄마의 애틋한 심정이었다. 김정일은 성혜림의 그런 심정을 알기에 술을 마시면 '엄마' 같다고 눈물을 흘리며 품에 안겼다. 그런 생활이 길든 짧든 피할 수 없이 남는 흔적이 인간의 본연의 이유였다. 임신이 되면서 강서 초대소에 있지 못하고 평양시 중구역 중성동으로 자리를 옮기면서 새로운 생활을 시작했다.

성혜림에게는 친지들에 대한 또 다른 사연이 있다. 자기가 이렇게 생활하고 있다는 것을 측근들은 말없이 알고 있어도 김현숙이나 우인희에게는 모르는 척해서는 안 되었다. 이기영의 며느리로 있으면서 딸을 낳고 아이를 또 낳으라는 시어머니 홍을순의 시달림은 지나친 요구였다.

이기영은 충청남도 충주에 딸을 낳은 아내를 두고 서울에서 글을 쓰면서 홍을순을 만나 거들면서 아들을 낳았다. 그곳에는 북데기 같은 농촌 아줌마라면 서울에는 머리를 틀어올린 신여성이었다. 글을 쓰려 내려가면 북데기 여인을 거들어 딸 셋을 줄줄이 낳았고 서울 신여성에게서는 아들 셋을 낳았으나 맏이는 명이 짧아 바쁘다고 먼저 가버렸다.

성혜림의 어머니 김원주는 경상남도 창녕 갑부의 외독자 성유경에게 본처가 있다는 것을 알면서도 후실로 들어갔다. 그러니 홍을순이나 김원주는 과정이 어떻게 흘렀든 따지고 보면 두 여인은 첩 생활로 한생을 산 셈이다. 어쩌면 운명이 이렇게 같은 처지로 이어지는가. 어쨌거나 첩 노릇으로 얻어진 그녀(성혜림)의 방정스러운 광대(배우) 생활이 건전하겠는가. 홍을순은 자기도 그렇게 살았으니 사내들의 생활을 누구보다 잘 알기에 며느리가 어찌 되는가, 심사가 여간 아니었다. 일반 가정에는 전화가 없던 시절에도 이기영의 집에는 있어 까딱하면 영화촬영소에 전화로 불러 언제 어느 시간에 들어오느냐 독촉이었다.

남의 흉내를 내는 광대들이 옛날부터 앞뒤가 다르다는 것은 세상이 알고 있었다. 세월이 달라졌다고 새 세상이라고 수컷들의 그 버릇을 누가 알겠는가. 아서라 나도 그렇게 살았고 네 어미도 그렇게 살았으니 너라고 다르랴. 성혜림이 살림을 따로내겠다고 해도 안 된다. 영화인들의 출퇴근 시간이 보통 9시부터 22시까지다. 촬영이 시작되면 집에 들어가지 못하고 현장에서 밤을 밝혀야 한다. 그런 수고를 누가 알겠는가. 당(김정일)에서는 그런 고된 시간을 혁명이라 한다.

털어놓고 말하면 성혜림은 쇠 울타리 같은 시어미의 시달림에서 어떻게든 벗어나려는 것이 목적이었다. 18세 철없이 결혼생활에 끌려들면서 그때는 미처 몰랐던 남자들의 성향을 연기생활을 하면서 폭넓게 느낄 수 있었다. 남편 이평은 꼬장꼬장 트집을 잡으려 했다. 지금이 어느 시대라고 아침저녁 시아버지, 시어머니의 밥상을 들이라는가. 기가 막히는 노릇이다.

그런 집에서 더는 임신하지 않으려니 김현숙과 우인희의 도움을 받아야 했다. 김현숙은 모란봉구역 월향동(가루개) 10층 아파트에 살았고, 우인희는 모란봉구역 평화동(기림리) 10층 아파트(백화점 위층)에 살았다. 그들의 집 거리는 2킬로미터 정도였다. 그 중심 왼편에 서평양 종합병원이 있었다. 김현숙은 내과 과장과 가까운 사이다. 50대 초반 여인은 푸근한 인품이 조용했다. 우인희는 40대 후반 산부인과 과장 여인을 언니처럼 만나는 사이다. 성혜림은 그들과의 인연으로 10년 가까이 이렇게나 저렇게나 메마른 이평의 품을 받으면서도 임신하지 않을 수 있었다. 두 여의사는 배우들의 품을 알기에 누구에게도 입을 열지 않았다.

4

김현숙 우인희 성혜림 세 여인의 배우생활의 연도를 돌아보자. 김현숙은 1953년 6·25전쟁이 끝나면서 영화촬영소 현지에서 입문한 중학교 졸업생이었다. 집이 근방이라 촬영소 주변에는 늘 아이들이 서성였다. 그들 중 눈에 짚이는 처녀가 17세 김현숙이었다. 영화인들이 그를 불러 몇 동작을 찍어 돌려보니 배우로 품이 있었다. 특히 앞으로 가면서 뒤로 돌아서 웃어보는 모습이 귀엽고 아름다웠다. 인물이 잘나고 신체가 좋다고 영화가 잘되는 것은 아니다. 실물과 배우의 동작은 별개의 현상이다. 그해 가을 윤두근 시나리오, 강홍식 총괄지도로 제작된 영화 〈향토를 지키는 사람들〉에서 마을 처녀로 등장한 것이 그의 첫 배우생활이었다.

영화촬영소 주변이 순안지구에서도 외진 곳이라 마을과 떨어져 인적이 드문 곳이었다. 좀 떨어져 철도종합병원이 있어 치료의 도움을 받을 수 있었다. 김정일이 영화촬영소를 지도하면서 그 주변 지역이 평양시 형제산 구역으로 편입되었다. 그 전까지는 먼지가 풀풀 날리는 평안남도 순안지구의 한구석이었다.

우인희는 서울에서 태어나 어머니가 개성으로 자리를 옮겨 작은 여관업을 시작하면서 개성사람이 됐다. 한국전쟁이 끝나기 전까지는 남쪽 행정구역이었다. 그 지역이 판문점으로 되면서 북쪽 사람이 되었다. 그러니 그는 남쪽 출신으로 기록이 남는다. 출신 지역을 정치적으로 분류하기에 북쪽 출신인가 남쪽 출신인가는 사회생활에 상당한 차이가 있다.

그의 어머니는 해방 전 서울에서 연극배우로 명성이 있던 황철과는 알고 지내던 사이었다. 전쟁이 끝나 황철이 개성으로 내려가 중학생 우인희를 데려다 국립연극극장 부속예술학교 사무장이던 나웅에게 맡겼다. 처녀애가 제 엄마처럼 넓은 이마에 눈이 크고 시원스러웠다. 동작이 침착했다. 말이 적으면서도 웃어보는 유연한 눈길은 느낌이 좋았다.

연출가 박학은 〈춘향전〉 시나리오를 들고 교육성 부상 겸 국립연극극장 총장 황철을 찾아갔다. 영화에서 주인공이 춘향이기는 해도 변학도의 인물 비중이 컸다. 그 인물로 황철을 짚고 부탁하려고 온 듯했다. 당시 황철과 박학의 사회인격은 하늘과 땅 차이었다. 그는 흔쾌히 수락하면서 춘향의 인물을 누구인가 물었다. 아직 정하지 못했다고 하자 "그런 아이가 있소" 예술학교에서 만나보라고 했다. 그렇게 선정된 인물이 우인희였다. 1956년부터 실기연습을 하면서 영화촬영을 했다. 그렇게 만들어진 영화가 최초 〈춘향전〉이다. 영화가 나왔을 때 우인희는 20세의 아름다운 처녀였다.

성혜림은 어머니 김원주의 주선으로 서울에서부터 알고 있던 예술학교 사무장 나웅에게 이야기하여 어렵지 않게 입학할 수 있었다. 학교가 연극영화대학으로 승격하면서 재학 중에 가정이 이런저런 이유로 복잡했을 때 김원주가 연출가 박학에 부탁하여 영화 〈분계선 마을에서〉 주역으로 선정됐다. 데려다 실기를 시켜보니 농촌 여인의 소박한 품이 좋았다. 영화는 남북 현실을 주제로 한 것이어서 시대상으로도 적절한 작품이었다.

김원주와 박학은 해방 전 서울에서 깊은 사이는 아니라도 좌익운동으로 알던 사이였다. 1948년 평양에서 진행된 남북연석회의에 박학은 김일성의 초청으로 참가했다, 평양 출신이라 그대로 눌러앉았고 김원주는 남조선민주여성 대표단으로 참가했다. 그런 인연도 있었지만 김원주는 노동신문 국제면 편집주간으로 여성 최초로 신문편집의 실력자였다.

　김현숙(1953년), 우인희(1956년), 성혜림(1958년)은 거의 같은 시기의 영화에 출연하면서 배우생활을 시작해서 서로 의지하는 친근한 사이였다. 오랜 선배들인 문예봉, 김효정(오병초의 전처)들이 김정일의 퇴출로 철도연극단으로 좌천됐을 때 그들은 연극단에 찾아가 위로의 인사를 하기도 했다. 김효정은 자기가 임신 못한다는 것을 알고 다른 여인을 선택해주면서 스스로 물러났다. 김일성은 자기가 직접 공훈배우 칭호를 안겨준 문예봉과 김효정이 밀려났다는 것을 알고 그들은 박헌영의 남노당파도 아니고 안막과도 인연이 없다고 예술영화촬영소로 돌아올 수 있었다.

　안막(본명 안필승)은 남쪽 출신이면서도 국제적 명성이 높았던 아내 최승희 덕으로 음악무용대학 학장으로 있으면서 김정일이 중고교시절 지명해 보내는 학생을 하나도 받아주지 않았다. 그가 보낸 아이들은 어디에도 선발되지 못했다. 쓸 만한 대상이 아니었다. 대학을 졸업하고 예술사업 전반을 틀어쥐면서 독선주의자로 죄명을 씌워 평양시 안전국에서 소문 없이 총살해버렸다. 화려한 민족무용을 세계만방에 떨치던 최승희도 1969년 8월 8일 평양시 안전국 유치장에서 밤중에 계원의 폭행으로 변기에 코를 박고 58세로 죽었다. 궁핍한 생활도 아니고 갑자기 저세상으로 갈 나이도 아니었다. 그들 부부 특히 최승희는 김일성의 극진한 청으로 밤중에 3·8선을 넘어 찾아온 귀한 손님이었다.

김일성은 최승희의 죽음이 뜻밖이었는지 평양의학대학 병원으로 옮겨 심정지로 눈을 감은 듯 화장을 진하게 그려 누구도 알 수 없이 승합차에 실어 멀리 옮겼다. 세월이 흘러 자기의 인덕을 후세에 남기고 싶었는지, 아니면 그의 죽음이 스스로 죄스러웠는지 회고록에 민족무용을 세계에 떨친 애국자로 내세우면서 비참하게 죽은 1969년 8월 8일을 그녀의 애석한 척 서거일로 부르고 있다.

3 회한의 눈물

1

성혜림은 마음이 불안했다. 이번에는 어떤 아이가 태어나겠는지…. 지나온 날을 돌아보면 아버지, 어머니에게 죄스럽고 언니 성혜랑에게는 너무도 미안했다. 자기보다 한 살 터울인 18세 언니를 두고 17세에 임신했었다. 이평이 괜찮다면서 옷을 벗기고 달려드는 것을 어쩌지 못하고 좋았는지 몇 번 그랬더니 속에서 무엇이 꿈틀거려 임신이 되었다.

김원주는 너무 어이없는 일이어서 막연하게 물었다.

"너, 왜 그랬니?"

성혜림은 눈물을 흘리며 고개를 들지 못했다. 김원주는 이평의 다사한 어미 홍을순은 만나지 않고 아비 이기영을 만났다. 그는 알고 있는지 별로 놀라지 않고 범상하게 말했다.

"임신했으면 낳아야지요?"

너무도 태평한 대답이다.

"언니가 있는데 그러면 안 됩니다."

"그러면 어떻게 하겠습니까?"

"지워야 합니다."

"그렇게 할 수 있습니까?"

이기영은 여자가 임신하면 낳는 것으로만 생각했다. 그도 17세에 누가 알거나 말거나 그랬더니 그녀가 아이를 낳았다. 김원주는 대단한 소설가라는 사람이 여자들의 그 후 일에 대해서 이렇게 막연하리라고는 뜻밖이었다. 하기는 남편 성유경도 좋아서 끌어안고는 그 후에 대해서는 아는 척도 하지 않았다. 지금도 17세 딸이 임신했다는 것을 모르고 있다. 한 살 터울인 성혜랑은 짐작하고 있었다.

김원주는 이기영과 1930년대 서울에서 기자생활을 하여 서로의 입장을 아는 처지라 스스럼없이 말했다.

"선생님, 최창식 선생께 이야기하면 그렇게 할 수 있습니다."

"그래요?"

최창식은 의사 출신 보건부장이다. 그의 형 최창석은 의학박사로 김일성 주치의였다. 그들은 남쪽 출신으로 그 시절부터 서로 안면이 있는 사이다. 보건부장의 내적 지시로 적십자병원에서 무사히 해결될 수 있었다. 그때만 해도 인재가 없어 남쪽 출신들이 국가의 직책들에 있던 시절이었다. 그런데 일은 거기서 끝나지 않았다. 몇 달 지나 또 임신을 했다. 김원주는 주변 사람들의 시선이 부끄러워 좋은 문화인아파트를 내놓고 동평양의 일반 외랑식 아파트로 조용히 옮겼다.

김원주는 사돈이 될 홍을순의 쟁쟁거리는 입버릇이 싫었지만 어쩔 수 없는 형편이라 결혼도 소문을 내지 말고 이평 집에서 조용히 치르기로 했다. 소설가 석인해, 시인 안용만, 예술학교 사무장 나웅, 노동신문 편집국장 장하일(소설가 강경애 남편) 등이 참가한 초철한 자리였다. 성혜림이 예술학교를 졸업하는 해였기에 퇴학당할 것이지만 이기영의 며느리로 묵인하에 졸업할 수 있었다. 학생들은 그가 아이를 낳은 유부녀라는 것을 알지 못했다.

예술학교가 연극영화대학으로 승격하면서 대학생이 됐다. 가정의 혼란스러운 생활은 그때부터 서서히 무너지기 시작했다. 사회적으로는 남쪽 출신이라는 정치적 압박이 시시각각 달려들고 있었다. 아버지 성유경은 경상남도 창녕 갑부의 아들로 마르크스의 좌익이념으로는 노동당원이 될 수 없었으나 혁명투쟁에는 각계의 인물들이 참가할 수 있다는 별도의 조건으로 남조선 혁명의 중추들이었던 이승엽 이강국의 보증으로 입당할 수 있었다.

성유경의 집안은 조부 성찬영이 일본에서 둥굴파를 가져다 창녕에서 재배하면서 번창하기 시작했다. '다마네기'라는 일본식 발음을 버리고 서양에서 들어온 것이라고 우리식 '양파'로 불렀다. 그에게는 성낙윤 성낙교 성낙만 세 아들이 있었다. 첫째 성낙윤에게는 성윤경 성유경 두 아들이 있었다. 둘째 성낙교에게는 아들이 없었다. 그런 이유로 둘째 성유경이 성낙교의 아들로 입양됐다. 자리만 옮겼을 뿐 가까운 거리였다.

정치적 파동은 알다가도 모르는 것이 세상사였다. 어제는 이렇다고 떠들다가도 세월이 지나면 다시 뒤집어지는 것이 인간들이 피할 수 없이 받아야 하는 참혹한 변덕이다. 6·25전쟁을 길게 보아야 45일이면 끝낼 수 있다고 만반의 준비로 벼락같이 남쪽으로 달려들었으나 밀고 당기는 세월에 전선이 그 자리에 고착되면서 소련(러시아) 측에서나 중국 측에서는 아무리 도와주어도 밑 빠진 독에 물 붓기라 패배의 원인을 은근히 김일성에게 돌리고 있었다.

국내외의 그런 시선을 탈피하기 위해 무슨 방법이 있어야 했다. 김일성은 스탈린과 모택동에게 전쟁을 단시일에 끝낼 수 있다고 달려든 45일이 3년으로 접어들고 있으니 어쨌든 그 대답을 찾아야 했다. 그렇게 준비한 것이 1952년 12월 모란봉 지하극장에서 노동당 확대전원회의를 열고 남노동당 출신 혁명가들을 간첩으로 몰아대면서 전쟁이 이 꼴이 됐다고 정치정세를 왈칵 뒤집어버렸다. 박헌영은 대성산 소나무밭 속에 한 개소대(전쟁이 끝날 때까지)로 연금시켰고 입바람이 센 강경파의 주축들이었던 이승엽 이강국 임화 김남천 등은 즉시 총살시켰다.

박헌형은 1923년 모스크바 국제공산당에서 파견한 혁명가로 김일성이 함부로 처리하기는 어려웠다. 1953년 3월 스탈린이 갑자기 죽으면서 끌어다 감옥에 넣고 1955년 국제간첩이라는 판결

문을 만들어 잔인하게 처형했다. 그런 엄혹한 세월에서도 남노동당의 창녕 갑부의 아들 성유경이 무사할 수 있었던 것은 박헌영의 부하이기는 해도 북한에서 러시아어를 배운다는 것을 알고 1947년 사촌형(사실은 친형) 성윤경이 운영하는 출판사에서 자비로 러시아어 사전 수십 권을 만들어 배낭에 지고 누구의 승인도 없이 혼자 김일성을 만나겠다고 비가 억수로 쏟아지는 밤중에 38선을 넘어 평양으로 갔다.

김일성은 직무실에서 김책과 함께 그를 만나 높이 치하하고 남조선혁명자금으로 쓰라고 거액 돈도 배낭에 넣어주었다. 북에서는 그 사전을 기초로 러시아어 교과서를 편찬하여 전국 학교에 배포할 수 있었다. 38선을 넘어 내려오면서 체포되어 서대문 감옥에서 북의 벼락같은 남침으로 나올 수 있었다.

2

김일성으로부터 서울특별시위원장으로 임명된 이승엽은 성유경을 경기도 인민위원회 재무책임자로 임명했다. 사실 그는 재무사업에는 주산도 제대로 튕기지 못하는 사람이었으나 갑부의 자식이라 그 집의 큰돈이 필요했기에 그런 자리에 앉혔다.

그는 남한 주둔 미군사령관 하지 중장의 사무실에서 탐이 나는 것이 바닥에 두툼하게 깔린 값비싼 주단이었다. 김일성을 만났을 때 사무실(지금의 당창건기념관)은 나무 바닥이었다. 창고에는 그런 주단이 한 틀 더 있었다. 인민군이 북으로 밀릴 때 소달구지 두 대에 그 주단을 각기 싣고 떠났다. 후퇴의 복잡한 혼잡에도 김일성 장군님께 간다고 누구도 거들지 못하게 했다.

경기도를 벗어나 황해도에 들어서면서 미군 폭격에 주단도 불타고 소들도 죽었다. 1951년 후퇴에서 돌아온 김일성은 성유경의 노고를 듣고 감격했다. 그때의 소달구지 사진이 노동당 창건 20주년(1965년) 기념관에 소장되기도 했다. 그런 연유인지는 몰라도 박헌영 이승엽이 반혁명 간첩들이라고 몰아대면서도 성유경은 1953년 10월 국립연극극장(지금의 인형극장)에서 진행된 노동당 3차대회에 대표로 참가하였다. 마지막 날 회의에서 그 자신도 놀랍게 당중앙위원회 위원으로 선출되었다.

김원주는 정치파동이 남북으로 극심한 지금 우리 가정은 무사할 것인가. 남노동당 출신이라는 표는 지을 수 없이 따라다녔다. 남조선혁명의 골간이었던 십지대(강동훈련소)는 박헌영 이승엽이 처형되면서 간첩을 양성하는 소굴이었다고 소속 성원들이 전부 숙청되었다. 지리산 한라산 오대산 설악산의 쟁쟁한 파르티잔 부대들은 전부 십지대에서 파견했다.

김원주 자신은 훈련소에서 정치강사로 파견훈련생들에게 마르크스-레닌주의 혁명이론을 가르쳤고 전후에는 노동신문의 실력있는 편집주간이었어도 북한의 내부 정세가 안정되면서 평양신보의 후신으로 발간된 평양신문사로 밀렸다. 성유경도 평안북도 양주공장 지배인, 평양 육류공장 부지배인, 함경북도 화대휴양소 부지배인, 평안남도 태성요양소 지도원에서도 강직되어 우차군으로 밀렸다. 이제는 더이상 밀려날 자리가 없어 죽어야 하는 신세가 되었다.

지나온 세월을 돌아보면 아버지 성유경, 어머니 김원주는 누가 인정하든 말든 그들은 남조선의 불 같은 혁명가들이었고 당이 어려울 때면 부르는 곳으로 달려갔다. 전쟁의 어려운 시기에 남강원도 신문주필로 떠나라고 할 때도 애들을 데리고 주저하지 않고 떠났다. 아들 성일기도 17세에 적후 훈련을 받고 20세로 둔갑시켜 차인철이라는 가명으로 혁명을 위하여 태백산 줄기의 오대산으로 떠났다.

김원주가 창녕 갑부의 아들 성유경이 그곳에 아내가 있다는 것을 알면서도 그와 살게 된 것은 젊은 시절 남 모르는 이유도 있겠지만 당시 그녀는 모진 가난에서도 자기를 애타게 공부시킨 늙은 어머니와 평안남도 남포에서 자기를 찾아 불원천리 달려온 오빠의 여섯 식구를 처녀의 몸으로 짊어지고 있었다. 기자라는 직업도 돈이 나오는가 하는 세월이라 여덟 식구의 명줄은 그에게 달려 있었다. 오빠의 일공벌이로는 바라볼 수 없다. 이모라고 부르며 자기를 바라보는 어린 조카들의 핏기 없는 모습은 애처로웠다.

창녕에 아내를 두고 서울에서 어쩐다고 기웃거리는 성유경에게 처녀의 기자생활은 고달픈 날들이었다. 김원주는 첩이라는 눈치를 받으면서도 어쩌는 수 없이 그 사내의 품에 안기면서 살림을 시작했다. 그때부터 가난이라는 서러움은 바람에 씻기듯 어렵지 않게 흘러갔다. 아들이 태어났다. 창녕에서 본댁은 딸만 셋을 낳았으니 외독자의 집에 경사라고 살림에는 어려움이 없었다. 오빠의 직업도 살림도 덩달아 좋아졌다.

3

성혜림이 17세에 임신한 후에 다시 18세에 딸을 낳자 시아버지 이기영은 여자가 귀한 집에 경사라고 손녀의 이름을 이옥돌이라 불렀다. 영화 〈분계선 마을에서〉의 성공으로 성혜림의 이름이 뜨자 남편도 시아버지도 시어머니도 광대(배우) 노릇을 접으라고 했다. 시어머니 홍을순의 요구는 강경했다. 성혜림은 그들의 강요를 뿌리치고 촬영소로 출근하면서 다시는 아이를 낳지 않으리라 결심했다.

우인희와는 같은 남쪽 출신이라 마음이 더 각별했다. 성혜림은 이혼하고 싶다는 마음을 털어놓았다. 우인희는 연출가 박학에게 이야기했다. 박학은 김정일의 서기에게 이야기하지 않고 이따금 촬영소에 나오는 당중앙위원회 과장 신인하에게 이야기했다. 그는 기회를 보아 조용히 말씀드렸다.

김정일은 웃으며 말했다.

"본인이 싫으면 할 수 없지. 그렇게 해주시오."

신인하는 문화인아파트 지역인 중구역 안전부장을 만나 이혼 문서를 받아 박학이 문학예술총동맹위원장 사무실에서 이기영을 만나 조용히 전했다. 그는 이런 일이 어떻게 된다는 것을 알기에 아내 홍을순의 입을 꽉 틀어막았다. 자기도 그러지 않았던가. 2차 카프 사건으로 감옥에서 나와 생활이 어려워 큰애가 굶어죽고 충청남도 충주는 본댁이 있어 내려가지 못하고 강원도 안변 산골로 들어갔다.

성혜림은 영화 〈분계선 마을에서〉에 출연하고 그 후부터 별거 생활을 하면서 이따금 어머니 집에는 들러도 언니 집에는 들어가기 조심스러웠다. 돌아보면 자기는 언니를 너무도 막 부르고 하대했다. 무엇이 있으면 '내 것', 나쁘면 '네가 그랬잖아!' 했어도 언니는 묵묵히 웃어주었다. 아버지, 어머니는 혁명을 위해 이리저리 바빠 집의 일은 거의 한 살 터울 언니 성혜랑이 했다. 1950년 10월 후퇴의 어려운 길에서도 성혜림의 손을 꼭 잡고 다녔다. 신체적으로는 언니가 동생보다 작았다. 그래도 언니 노릇을 착실히 했다.

눈보라 불어치는 혹한에 중국 내륙으로 들어갈 때도 손을 잡고 다녔다. 성혜림은 흠칠놀라 심장도 약했고 늑막염은 언제나 따라다녔다. 눈보라의 어려운 길에서도 약을 구하려 수십 리 길을 걸어야 했다. 그러고 보면 성혜랑은 언니라기보다 성혜림의 머슴이었다. 아프면 '언니', 싫으면 '나 몰라'. 그렇게 자기를 돌보며 이끌어줬어도 전쟁이 끝나면서 17세에 임신했고 겨우 수습했는데 또 임신으로 애를 낳으니 돌아보면 자기는 너무도 방종스러웠다.

아버지는 지방으로 밀려다니고 어머니도 밀려나고 언니도 남편이 사고로 잘못됐으니 남쪽 출신이라는 편파로 언제인가는 산지로 뿔뿔이 추방될지도 몰랐다. 가정에서 불행의 시작은 자기의 달랑거리는 생활로 시작되었다. 이제는 그 모든 보상을 자기가 해결하고 싶었다. 어떻게…, 김정일은 술(포도주)을 마시고 들어온 날에는 6년이라는 나이 차이 때문인지 (혜림은 1936년, 정일은 1942년) 누나 이상으로 엄마의 아이처럼 자기의 품에 안겨 편하게 잠들었다.

4

성혜림은 강서초대소에서 동거를 시작하면서 검소하게 사무실 겸 서재를 꾸리고 1942년 봄 아무르강변 훈련소에서 김일성과 김정숙이 군복차림으로 나란히 의지하고 찍은 사진을 액자에 넣어 책상에 정성스럽게 놓았다. 김정일은 저녁에 들어와 그 사진을 보며 성혜림이 자기를 이렇게까지 살펴주리라고 생각하지 못했던 것인지 손을 잡고 고맙다고 눈물을 흘렸다. 파르티잔 시절의 전우로 부부 동반 사진이 노동당 당사에는 빼놓을 수 없는 사적이었고 김정일의 가슴에는 지을 수 없는 귀한 가보였다.

그 사진에는 있어서 안 되는 비화가 있다. 김일성 생일 50돌 준비로 대동강 연광정 곁에 있는 혁명박물관(지금의 대동문소학교)을 김일성광장 왼편 대동강 기슭에 대리석 건물을 위엄있게 세우고 설비들을 옮기면서 현장을 돌아보던 김성애는 박물관 관장 이오송에게 이 사진은 김정일, 김경희도 이제는 다 컸는데 보면 마음이 아플 것이라며 전시하지 말라고 했다. 김일성의 사모님께서 하시는 말씀이니 들어야 했다.

"예, 그렇게 하겠습니다."

해당 일군으로부터 보고받은 박물관 당비서 황순희는 김일성종합대학 학생인 김정일(대학에는 그의 사무실이 있었다)에게 즉시 전화를 걸었다. 자기의 개인지도 교원에게 이야기했다. 선생은 이것은 보통 문제가 아니라며 혁명에 대한 배신이며 수령님의 혁명일가에 대한 중상모독이라고 우리의 혁명사령관은 어제도 오늘도 내일도 영원히 위대한 수령님 한 분이라고 열을 올렸다. 그 자신은 김정일의 개인지도 교원으로 김성애의 눈 밖에 있었다.

다음날 혁명박물관 현장에 나온 20세 청년 김정일은 이오송에게 엄하게 물었다.

"동무의 혁명사령관은 누구요?"

이오송은 고개를 들지 못했다.

"이 사진을 대폭으로 현상하시오."

"옛."

대답은 빳빳했어도 때는 이미 늦었다. 이오송은 며칠 후 동해지구 후방부사령관으로 좌천되어 다시는 평양에 들어오지 못했다. 황순희는 혁명박물관 관장 겸 당비서로 그 자리에서 평생 당중앙위원회의 부장급 이상의 대우를 받았다. 그는 김정숙이 훈련기지에서 유라(김정일의 본명)를 낳을 때 곁에서 보살폈고 김정숙이 갑자기 죽었을 때는 유라의 손을 잡고 마차에 실려가는 어머니의 영구를 따라 모란봉으로 올랐다. 김정숙과는 전우였고 언니로 부르며 따르던 사이였다. 지금 만수대 혁명박물관에 있는 커다란 군복차림의 부부 동반 사진이 그때의 사적이다.

성혜림은 평양시 중성동으로 옮겨와서는 사무실 겸 서재를 더 크고 화려하게 꾸리면서 사진을 천연색으로 현상했다. 사진에서 웃고 있는 김정숙은 실제의 모습보다 아름다웠다. 그녀는 작은 키에 불행하게도 얼굴이 심하지 않아도 곰보였다. 천연색으로 채색되었으니 더 아름다웠다. 김정일은 성혜림의 손을 두 손으로 잡아주며 고맙다고 또 눈물을 흘렸다. 어머니가 함경북도 회령에서 지지리 어렵게 자랐고 너무도 뜻밖에 세상을 떠나서인지 술을 마시면 일곱 살 때 아이처럼 엄마를 부르며 흐느껴 울었다.

5

무슨 이유인지 갑자기 당조직에서 언니 성혜랑을 아버지 성유경의 사회출신 성분을 진보적 지주라며 노동당에 입당시켰다. 그러고는 며칠 후 남조선사업부(대남사업부)에서 혁명을 위해 적후공작(간첩)으로 조부의 일가들이 남쪽에서 갑부로 든든하니 그쪽으로 내려가라고 했다. 아들과 딸은 남포 혁명학원에 보내겠다고 했다. 경상남도 창녕에 있는 갑부들이 조부의 일가이기는 해도 성혜랑이나 성혜림은 첩의 자식이라 그쪽에는 발도 들이지 못하는 생소한 곳이다. 그런 내용은 가정사일 뿐 거절할 수 없는 혁명의 요구였다. 배신자로 낙인되느냐의 갈림길이다. 30대 중반에 들어선 나이에 자기는 아버지, 어머니처럼 혁명이라고 뛰어다니고 싶지 않았다. 그토록 혼신을 다해 뛰어다닌 결과는 남쪽 출신이라는 편파적인 표적이 전부였다.

성혜랑은 동생 성혜림에게 이야기했다. 김정일은 그 말을 듣고 깜짝 놀라며 내려가면 그놈(토벌대)들에게 죽어, 다음날 이야기했다고 다시는 부르지 않았다. 오빠(성일기)는 서울에 있다고 알려주었다. 김정일이 3호청사 대남사업 담당비서 김중린에게 알아보라고 당부했다. 김중린은 김일성 고모의 사위로 김정일이 어렸을 때는 그의 등에 업히기도 했다.

오빠 성일기는 차인철이라는 가명으로 오대산 일대에서 파르티잔 잔존부대 참모장으로 활동하다 1953년 대원들과 함께 토벌대에 체포되었다. 연락을 보내고 전향했다. 토벌대 측에서 보면 그는 전선이 고착되면서 1951년 가을과 1952년 봄 여름에 남부군 총사령 이현상의 명령으로 지리산에 집결하라는 요구를 받아들이지 않고 오대산 일대에서 변복으로 소극적인 활동을 했다.

1952년 12월 노동당 확대전원회의에서 박헌영 이승엽을 간첩으로 몰아 숙청하면서 남조선혁명의 골간들을 파견했던 십지대(강동훈련소)를 간첩소굴이라고 전부 숙청했다. 그 여파로 이현상도 모든 직에서 강직되어 평대원으로 1953년 전쟁이 끝난 후 9월 뒤로부터 누군가의 총에 사살되었다.

이현상은 1947년 북으로 넘어가 김일성을 만나 소련에서 2년간 정치군사훈련을 받고 남쪽으로 파견된 혁명가였다. 김일성은 그에게 남부군 총사령으로 인민군 중장의 군사칭호를 주었다. 당시 중장이라면 명성이 높았던 최현이 중장이었고 쟁쟁했던 최용진, 박성철, 오진우, 최광은 소장이었으니 그에 대한 신임이 얼마나 두터웠는지 알 수 있다. 포용정책을 위한 술책이었지만 어쨌든 중장이었다.

평양에서는 전쟁이 끝나 남부군이 북으로 넘어오겠다는 것도 막았다. 그들은 사실상 끈 떨어진 신세가 되었다. 육군 특무대장 김창룡은 차인철(성일기의 가명)이 갑부의 손자라는 것을 알고 직접 창녕으로 내려가보니 소문은 들었지만 어려운 전시에 국가와 군대를 물심양면으로 도왔던 대단한 집안들이었다. 돈도 쓰라면서 가방에 두툼하게 넣어주었다. 이승만 대통령에게 보고하니 그 집은 자기도 아는 성씨라고 좋게 말했다. 성일기는 그렇게 풀려날 수 있었다.

그가 투쟁을 적극적으로 하지 않은 것은 토벌대의 추적이 끈질기게 심했던 것도 있었지만 생각해보면 남조선혁명가라는 자기의 처지가 너무도 맹랑했다. 적후의 험지로 보낼 때는 혁명을 위하여! 조국 통일을 위하여! 굳은 신념으로 떠나보냈다. 결사의 마음으로 떠나왔어도 정세가 어려워지니 모든 책임을 남쪽 출신들에게 간첩이라는 누명을 씌워 처형하면서 자기들이 혁명의 전우라며 손을 굳게 잡아준 그들이 사선을 넘어 돌아가겠다고 했을 때는 그 길마저 막아버렸다. 혁명의 절개를 부르짖던 그들이 동지의 우정은 붉은 피로 물들인다던 그들이, 준엄한 시련을 겪고 보면 그들의 처사는 정치적으로 군사적으로 역사적으로 너무도 파렴치한 붉은 배신자들이었다.

그 후에도 그들은 혁명의 결사를 부르짖고 동지의 우정을 떠들지만 그것은 자기의 권력을 다지기 위한 정치적 술책일 뿐이었다. 어쨌거나 성혜림의 집안일은 그렇게 저렇게 풀리는 것 같았다. 그런 일은 김정일의 소문 없는 지시로 이어졌다. 어느 날 조용한 시간에 언니 성혜랑이 단편소설을 썼다는 이야기를 하면서 현상응모에 보내려 한다고 했다.

"어머니 보셨소?"

"네."

"그러면 보내지."

김정일은 김원주를 몇 번 만나면서 고전들에 대한 해박한 지식과 국내외 정세의 식견을 높이 보고 있었다. 김정일의 최측근으로 부상한 연출가 최익규(본명 최상근)는 4·15창작단을 찾았다. 천세봉 김병훈 석윤기를 만나 김정일의 생각이라면서 단편소설 「혁명전위」를 발표하도록 했다. 4·15창작단에는 단장 석윤기, 당비서 김병훈, 작가동맹위원장 천세봉, 부위원장 강효순, 소설가 황건 권정웅 등 문학의 실세들이 있었다.

4·15창작단에서는 문학 현상응모에는 관련이 없다. 또 어떤 작품이 들어왔는지도 모른다. 윗분의 뜻이라니 김병훈이 작가동맹위원회 서기장 이인직을 만나 내용을 전달했다. 소설 심사는 소

설가 이정숙이 하기로 했다. 그는 여류소설가로는 중편소설 「종달새」와 남조선 부두노동자들의 투쟁을 주제로 장편소설을 발표한 유일한 중견작가였다.

1960년대 중반으로 들어서면서 세대별 개인별로 지난 세월 특히 해방 전과 6·25전쟁에서 어디서 무슨 일을 했는가, 주민등록 사업을 전국적으로 조사했다. 그 조사에서 미해결 문제가 있으면 자신은 물론 가문의 자식들도 대학으로 갈 수 없다. 철저한 조사였다. 이정숙이 해방 전 중국 상해시 근방에서 어쨌다는 위안부 문제가 제기되었다.

그녀는 체격이 성큼하면서도 푸근한 인상이 좋았다. 그 후부터는 작품을 발표할 수 없었다. 자기 생활이 건전치 못했기에 스스로 가정을 꾸리지 않고 독신으로 창작실에서 신인들의 작품을 지도하고 있었다. 언제인가는 어디로 추방되든지 좋게 보아도 지방 창작실로 보낼 수 있다. 김병훈이 그녀를 만나 성혜랑의 음모작품 평가를 잘 쓰도록 윗분께 드리겠다고 했다. 남쪽 출신은 양성하지 않는다는 당의 내부방침이 있어도 별도의 심사로 단편소설 「혁명전위」는 그렇게 당선됐다. 이정숙은 작품을 좋게 평가했다는 이유로 평양창작실에서 신인들의 작품을 계속 지도할 수 있게 되었다.

성혜림은 김정일을 가까이 모시면서 이렇게나 저렇게나 어쨌든 얽히고설킨 집안 문제가 다소 풀리는 것 같아도 자기의 지나온 날들을 돌아보면 어머니 김원주, 언니 성혜랑에게는 도저히 용서받을 수 없었다. 세월의 정치적 편파가 급격히 심해진 것이 사실이지만 어쨌든 집안은 그때부터 틀어지기 시작했다. 김원주는 성혜림이 17세에 임신하고 다시 18세에 딸을 낳고는 어디서나 고개를 들지 못하고 다녔고 얼굴에는 웃음기가 없었다. 그래서인지 성혜림은 20대 중반부터는 혼자 있을 때면 내가 왜 그랬던가, 조용히 회한悔恨의 눈물을 흘렸다.

4 개자식

1

승용차는 밤이 깊어야 들어오는데 오늘은 날이 어두워지면서 들어왔다. 뜻밖이다. 성혜림은 서둘러 밖으로 나갔다. 김정일은 손에 문서인지 책자를 들고 내렸다. 술도 마신 것 같지 않았다. 무슨 일일까? 허리를 숙여 인사하는 등을 가볍게 밀어 방으로 들어서며 손에 든 책자를 말없이 건넸다.

'성유경 자료.'

아버지가 또 어떻게 됐는가, 가슴이 덜컥했다. 눈을 들어보니 소파에 앉아서 싱긋이 웃고 있다. 그리 나쁜 일은 아닌 것 같다.

"읽어봐야지."

"네."

대답하면서도 음료를 서두르는데 곁에 앉혀주며 말했다.

"읽어봐."

"네."

떨리는 마음에 흔들리는 눈으로 조심스럽게 첫 장을 넘겼다. 왼손으로 어깨를 감싸주며 오른손으로 손수 책장을 넘겨준다. 그동안 아버지가 이리저리 밀려다녔던 공장들에서 함께 일했던 일군과 노동자들의 이야기로 본인들의 친필이 적혀 있었다.

성유경은 당일군이라도 잘못된 일이면 대놓고 말했다고, 양주공장(정부 행사용 술 생산지)에서 당비서가 술을 마음대로 퍼마시는데 나라의 재산을 그렇게 하면 되는가. 그렇게 몇 번 다투면서 사상이 틀렸다는 이유로 밀려난 이야기, 육류공장(용성구역)에서 일부 일군들이 육류상자를 뒤로 빼돌린다고 간부회에서 이야기하면서 여론이 나빠지자 간첩 이승엽 이강국의 보증으로 입당한 가짜 당원으로 몰아냈다고 그 사람은 막대기처럼 너무 곧았다고, 일군과 노동자들이 친필로 인감까지 찍힌 진정서였다.

성혜림은 얼굴을 들지 못하고 흐느꼈다.

"아버지가 우차군으로 밀렸다는 말을 왜 안 했어?"

그의 목소리도 젖었다. 그 앞에 무릎을 굽히고 그의 무릎에 얼굴을 묻으며 흐느끼며 말했다.

"그런 말을 어떻게 하겠습니까."

"아버지가 오늘 동평양기계공장(승강기 공장) 부지배인이 됐어."

"장군님!"

성유경은 그랬다. 누가 인정하든 안 하든 혁명을 위하여 오직 수령님께 충성한다는 일념으로 일하면 된다는 의협심으로 자기는 수령님을 찾아온 사람이고 반갑게 맞아주었다는 생각을 가슴에 새기고 있었다. 그 깊은 의리를 위해서라면 죽었을 것이다. 그러나 서로 죽여야 하는 험악한 전쟁을 겪은 일반 사람들의 요구는 네가 아니면 나라는 탐욕이 너무도 비열했고 악의적이었다. 그런 비난이 성유경에게는 남조선 갑부의 아들, 일본 유학생 간첩 박헌영 이승엽의 패였다는 편파가 피할 수 없이 붙어다닌 것이다.

김정일은 이 문제를 조용히 해결하려고 지방 조직들에 알리지 않고 일군들이 현지에서 직접 자료를 받아오도록 했다. 동평양 기계공장은 대학 졸업을 앞두고 1개월 현장실습을 그 공장에서 기계를 돌리면서 특급기업은 아니라도 중견으로는 크면서도 복잡하지 않았다. 그런 정도는 수령님이나 당중앙위원회 조직비서 김영주(삼촌)가 모르게 자기의 개인적 요구로 조용히 보낼 수 있다고 생각했다.

당중앙위원회 과장 신인하는 성유경을 불러 전후 과정의 이야기를 듣고 승용차를 타고 같이 공장으로 갔다. 그는 윗분의 개별 지시를 해결하는 내부일군이었다. 정문에서 연락을 받은 일군들이 기다리고 있었다. 공장은 기계를 조립하고 수리하는 곳이라 생산부지가 넓고 커다란 기계들 사이에서 용접 불꽃이 튀기도 했다. 설비일군이 성유경을 데리고 공장을 둘러보게 하고 사무실에서 책상을 마주하고 50대 중반 지배인과 40대 후반 당비서를 만났다.

신인하는 가방에서 김정일의 친필이 적힌 문서를 내보였다. 그 문서는 전달하는 것이 아니다. 지시다.

"성유경 동무를 동평양기계공장 부지배인으로 보내시오."

지배인이 자리에서 정중히 일어서며 말했다.

"예, 알겠습니다."

당비서는 앉은자리에서 얼떠름하게 말했다.

"시당에서는 연락이 없었습니다."

신인하는 조용히 반문했다.

"시당…, 누구요?"

"김성갑 동지입니다."

그는 김일성의 후처 김성애의 동생으로 평양시당위원회 조직부장 겸 조직비서다. 매부 김일성의 덕으로 모스크바 유학에서 돌아와 1954년부터 평양시당위원회에서 지도원 부과장 과장 부부장 부장 조직비서로 순서를 밟으며 차곡차곡 올라왔다. 17년 동안 평양시당위원회는 그의 손안에 있었고 평양시당위원회 조직비서는 도당위원회 책임비서 급에 준하는 직책이라 당중위원회 정치국에서 비준하는 막강한 자리다. 수령님의 처남이라는 어마어마한 인맥을 가지고 있기에 그의 요구는 절대적이었다.

공장당위원회 비서의 의문이 틀린 것은 아니지만 윗분의 그런 정도의 지시는 전국 어디서나 조용히 받아들인다. 신인하는 당비서의 반문에 은근히 놀랐다. 이놈은 도대체 어떻게 돼먹은 놈인가. 평양시에서 김성갑의 위세가 높다는 것은 알고 있었어도 윗분의 명함을 보면서 김성갑의 이름으로 반박하리라고는 생각지 못했다. 이러다가는 일이 복잡하게 번질 수 있었다.

신인하는 지배인과 당비서에게 내색하지 않고 말했다.

"시당위원회에 다녀오겠습니다."

지배인이 자리에서 일어서며 대답했다.

"예, 기다리겠습니다."

무겁게 불렀다.

"지배인 동무, 부지배인 사무실을 준비하시오."

"예, 그렇게 하겠습니다."

지배인은 돼먹은 것 같은데 당비서 저놈은 왜 저럴까. 돌아가는 세상을 몰라도 너무 답답했다.

2

김성갑이 사무실에서 기다리고 있었다. 앉은자리에서 표표한 눈길을 던진다. 신인하는 그를 몇 번 보기는 했어도 사업상 용무로 마주 앉기는 처음이다. 손으로 자리를 가리킨다. 당중앙위원회 과장이라면 일반적으로 높은 급이라도 평양시당위원회 조직비서와는 차원이 다른 급이다. 공장당위원회 비서의 전화를 받고 자료를 알아보았는지 먼저 입을 턴다.

"성유경, 그 사람 자료를 알고 있소?"

"예."

"알고 있다면 위(김정일)에서 그런 자리를 요구하면 그것은 개인의 생각이란 말이오. 의견을 드려야지?"

수령님의 뜻을 이어갈 후계자분을 개인으로 지칭하는 너는 도대체 어떤 출신인데, 묻고 싶다. 누구의 덕으로 평양시당위원회 조직비서라는 큰 자리에 있는가. 평양시의 모든 공장기업소 일군들의 임명은 그의 손에서 움직인다. 그러니 그가 틀을 차릴 만도 했다.

"성유경은 경상남도 창녕 갑부의 자식이오."

"알고 있습니다."

"일본 유학생이고…."

"알고 있습니다."

"박헌영의 측근으로 이승엽 이강국의 보증으로 입당했소. 그들이 어떤 자들이오. 조국 통일을 위한 1950년 6·25전쟁을 말아먹은 국제간첩들이었소."

신인하는 자리에서 일어서며 진중하게 말했다.

"성유경 선생은 1947년 38선을 넘어 수령님을 찾아뵙고 남조선혁명의 가르침을 받았고 노동당 3차대회의 중앙위원이었습니다."

김성갑은 어이가 없는지 자리에서 일어나 두 손을 틀스럽게 뒤로 돌려잡고 학생을 가르치듯 말했다.

"과장 동무, 그것은 남조선놈들을 포섭하기 위한 당의 옹위정

책이란 말이오.”

이러다가는 문제가 더 복잡하게 될 것 같아 고개를 가볍게 숙이고 말했다.

“실례하겠습니다.”

김성갑은 무엇이 직감되는지 다급히 물었다.

“어디 가오?”

신인하는 대답 없이 나오면서 평양시당위원회 책임비서 강성산을 만났다. 이렇게 무작정 찾아드는 것이 무람된 일이기는 해도 일이 더 번지지 않게 해결하려면 다른 방법이 없었다. 강성산은 김정일의 친필문서를 보고는 아무 말 없이 벨을 눌러 서기를 불렀다.

그가 들어서자 말했다.

“최 동무를 부르시오.”

“예.”

최 동무, 그는 책임비서의 사업을 보좌하는 공장담당지도원으로 그 공장 출신 노동자였다. 아버지는 6·25전쟁 강원도 양구전투에서 전사한 분대장 아들이다. 서기는 그를 사무실에 들이고 돌아서 나갔다.

“동무가 이 시간부터 동평양기계공장 당비서요.”

놀라면서도 부동자세로 대답했다.

“예.”

“지금 공장으로 내려가 그놈(전 당비서)을 출당시키고 미림블

로크공장 노동자로 쫓아보내시오."

"예, 알겠습니다."

강성산은 웃으며 불렀다.

"과장 동무, 그런 일은 귀띔을 해야지요."

"김성갑이 그렇게 나올 줄 몰랐습니다."

"지금 평양시당위원회에 그런 일들이 있습니다. 윗분(김정일)께 그런 문제를 말씀드렸습니다. 곧 대책이 있을 것입니다."

"책임비서 동지, 불편을 드려 송구합니다."

"아니요. 제때에 잘 왔습니다."

강성산은 1930년대 초기 파르티잔의 아들로 김일성의 신임을 받으면서 36세에 양강도당위원회 책임비서로 있다 평양시당위원회 책임비서로 올라왔다. 책임비서로 부르기는 같은 직책이지만 평양시당위원회 책임비서는 당중앙위원회 정치국원으로 비중이 높다. 그는 김일성의 가계 문제라면 무조건 받드는 충신이기에 오늘도 앞뒤 없이 선 자리에서 처리하는 것이다. 신인하는 허리를 굽혀 인사하고 새로 임명된 당비서를 차에 태우고 공장에 들어서니 지배인은 부지배인 사무실을 꾸려놓고 기다리고 있었다. 전 당비서는 무엇을 느꼈는지 묵묵히 눈치를 보고 있었다. 신인하는 지배인에게 곁에 선 사람을 가리키며 말했다.

"새로 임명된 공장당위원회 비서입니다."

지배인은 당학교를 졸업하고 평양시당위원회 지도원으로 승진하기 전까지 기계조립직장 부문당위원회 비서로 일했던 것이라 알고 있는 사이다.

"지배인 동지."

당비서는 겸허히 부르며 인사했다. 지배인도 반갑게 인사를 받았다.

"잘 왔어요."

새로 임명된 당비서는 전 당비서를 부르며 말했다.

"동무를 출당으로 처리하고 미림블로크공장 노동자로 보내라는 시당위원회 책임비서 동지의 지시입니다."

그는 고개를 숙이고 나갔다. 세상을 살다보면 어제가 다르고 오늘이 달라지는 것이 인생인 것 같다. 특히 정치적 편파가 심한 때는 어떻게 할까. 그도 줄을 잘 섰더라면 이렇게 된벼락을 맞지는 않았을 것이다. 어쩌겠는가. 그 순간이 지나면 때는 이미 늦은 것이다. 그는 며칠 후 다시 저 멀리 함경북도 상화탄광으로 추방됐다.

오늘 하루의 일은 시간이 길어지기는 했어도 좋게 끝났다. 자기 앞에서 틀을 차리던 김성갑의 위세도 멀지 않으리라는 생각이 눈에 보이는 것 같다. 신인하는 돌아오는 마음이 편했다. 김정일이 혁명영화창작지도로 바쁘기에 촬영소로 향했다. 날이 어두웠다. 김정일이 기다리고 있었다.

"왜 이렇게 늦었소?"

전화로 말씀드릴 수 있어도 심려를 드릴 것 같아 이렇게 달려왔다고 했다. 추려서 말씀드렸더니 대번에 성질을 내며 욕을 퍼

부었다.

"개자식!"

"강성산 동지가 즉시 처리했습니다."

"잘했소. 그 자식(김성갑) 아비는 건달 출신이오."

김성갑의 아비는 해방 전 공사판에서 주먹행세로 십장 노릇을 했다. 딸 김성팔(김성애의 본명)은 나라가 해방되면서 아비의 직업이 없으니 방직공장에서 일하다 인물이 괜찮아 황순희의 눈에 들어 김일성의 서기(사무실 관리원)로 지명되었다.

3

평양시당위원회는 며칠 후 당중앙위원회의 집중지도검열을 받기 시작했다. 그 지도검열 책임자는 김일성의 딸 김경희 남편 장성택이다. 그는 당중앙위원회 과장이었다. 수령님의 사위, 김정일의 매부라는 위엄을 등에 지고 있다. 김성갑은 그동안 평양시당위원회를 자기의 측근들로 꾸렸다. 과장급은 전부 그가 선발했고 특히 조직부 성원들은 자기의 부하로 만들었다.

1960년대 들어서면서 노동신문에는 '존경하는 김성애 여사께서'라는 대활자로 1면에 편집되면서 그 위세가 대단했다. 그와 함께 동생 김성갑의 권위도 대단했다. 김일성은 1966년 영국에서 진행된 월드컵 8차대회 참가를 위한 축구선수단에 대한 지원을 그에게 일임할 정도로 신임이 크기도 했다. 전국이 그의 요구로 축구선수단 지원품들을 올려보냈다.

김일성은 1950년 6월 25일 남침으로 국제사회의 거센 비난을 그 기회를 이용하려고 당시는 그 문제가 국가의 대외업무를 위한 초미의 사업이었다. 축구선수단 주장 신영규는 북한이 철저히 때려부셔야 하는 황해도 신천지구 지주의 아들이다. 큰아들을 데리고 남쪽으로 도주한 월남자의 자식이다.

신영규는 황해북도 축구선수였다. 신체도 좋고 성품도 좋고 축구선수의 자질도 좋아 인민군체육단에서 쓰려고 했는데 남쪽으로 도주한 월남자 지주의 아들이라는 문서 때문에 데려오지 못하고 김성갑이 평양시체육단 축구선수로 데려다놓았다. 그는 수비수로는 철벽이었다. 당시 국가 축구선수단에는 골잡이 공격수 박승진도 아버지와 형님이 남쪽으로 도주했고 동반 공격수 박두익도 아버지와 두 형님이 남쪽으로 도주한 월남자 자식들이라도 수령님의 직계 처남이라는 위엄으로 가까이 데리고 있을 수 있었다.

지도검열책임자 장성택은 평양시당위원회 과장들, 조직지도부 성원들 전부와 김성갑의 측근으로 지목된 사람들을 평양시 삼석구역 삼신탄광으로 끌어다 1개월 3개월 6개월 굴속에 넣고 일을 시키면서 사상검토로 하나하나 추려 수용소로 보내고 나머지는 전부 지방으로 추방시켰다.

김정일은 외로웠던 어린 시절 자기를 쌀쌀하게 흘겨보던 계모 김성애에 대한 복수를 철저히 준비했다. 가정적으로나 혁명적으로 수령님의 덕을 등에 지고 흔들거리는 곁가지들을 끈질기게 추적했다. 평양시당위원회 조직비서 김성갑의 문제가 당중앙위원회 정치국회의에서 취급됐다. 김일성이 검열위원회에서 제출된 문서를 보고 출당을 제기됐다.

그 자리에 최고인민회의 상임위원장 최용건, 1부수상 김일(본명 박덕삼), 2부수상 박성철, 무력부장 최현, 인민군총정치국장 오진우, 남조선(대남)담당비서 김중린, 당중앙위원회 조직비서 김영주(김일성의 동생) 등 최고위들이 참가했다. 그들 앞에는 검열위원회의 동일한 문서가 각기 놓여 있다.

그동안 김성애의 위세가 거슬렸어도 누구도 말할 수 없었다. 지난해 당중앙위원회 함흥확대전원회의에서 최용건이 요즘 여성일군들이 지방 당사업에 지나치게 간섭한다고 하자 김일성이 방청으로 참가한 김성애를 흘겨보며 "여성동맹은 누에나 잘 키우시오"하며 질책했다.

당시 외화벌이로 누에치기를 여성동맹의 주도로 전국 인민반들에서 시끄러웠다. 누에를 잘 키우지 않는다고 잡아가고, 참 어수선했다. 여성동맹중앙위원장이던 김성애가 총괄하고 있었다. 그의 동생 김성갑의 행세도 불편했지만 어쩔 수 없었다. 누구도 말을 못했다. 어쩌면 지금 이러쿵저러쿵 떠드는 것이 일군들에게는 씁쓸했는지도 모른다.

총정치국장 오진우가 조심스럽게 부르며 말했다.

"수령님, 제가 데려다 쓰겠습니다."

1부수상 김일이 나섰다.

"인민군은 조직이 강하니까 제 마음대로 못할 것입니다."

최용건이 무겁게 한마디 했다.

"그렇게 합시다."

김일성이 심기가 불편하게 말했다.

"그 자식(김성갑)이 지금까지 세상을 모르고 떠들었소."

오진우에게 물었다.

"데려다 어떻게 하겠소?"

"해군사령부에 두겠습니다."

"그렇게 하시오."

김성갑은 해군사령부 정치위원으로 내려갔다. 그것도 잠시 김정일의 강한 요구로 다시 지방의 군행정위원회 부위원장으로 내려갔다. 그 자리는 털털이(지프차)도 타지 못하는 빈 달구지 자리였다. 그것도 대단한 배려인 셈이다. 수용소로 보낸들 누가 뭐라고 하겠는가. 그것뿐이 아니다. 김성애의 언니 아들로 1946년 평양군사학원에서 소대장을 시작으로 1960년대 호위국 부국장으로 중장이던 김성국도 번쩍이는 군복을 벗어야 했고 황해북도 당위원회비서였던 김성갑의 동생 김성호도 논밭으로 밀렸다.

평양시당위원회 건설비서 왕경학은 김성갑 아비의 집을 대동강구역 정백동 밭 가운데 큼직하게 지어줬다고 아침 출근으로 사무실로 들어서다 보위원들의 손에 체포되어 수용소로 끌려갔다. 월드컵 축구선수단 수석 코치로 갔던 강능조는 돌아와 평양시체육선수단 부단장으로 승진되고 다시 평양시체육관 지배인으로 승진되어 풍차를 몇 번 타보지도 못하고 종업원들이 보는 앞에서 끌려갔으며, 월드컵 축구선수단 주장이었던 신영규는 함경북도 생기령으로 추방되었다 돌아왔으나 조용히 다시 깊은 산골로 추방시켜 안락사로 묻어버렸다. 그들은 김성갑의 측근으로 분류된 사람들이다. 평양시의 모든 공장기업소들에서 김성갑이 선발했던 사람들은 전부 축출됐다. 평양시안전국 국장도 축출됐다. 김성애 일가의 자식들은 대학들에서 전부 축출됐다. 누구의 요구였든 측근으로 지목된 사람들은 줄을 잘못 섰다는 운명의 줄타기로 줄줄이 무너지기 시작했다.

4

큰 공장기업소들이 많은 평양시에서는 중급 공장의 부지배인이라는 직책이 별로 의미가 없겠지만 성혜림의 집에서는 바라지 못했던 특전이었다. 성혜림은 처음부터 김정일과의 생활이 영원하리라 생각하지 않았다. 그를 통하여 몰락한 가정이 더 비참하지 않게 하려는 바람이었다. 자기들의 관계는 일반 남녀 간의 사랑이라기에는 정치적 부담이 큰 생활이었다.

김정일은 수령님의 후계자로 앞으로 국가는 물론 국제행사에서도 사생활이 청렴한 것으로 알려져야 한다. 성혜림이 소설가 이기영의 며느리라는 것은 숨길 수 없이 누구나 아는 것이고 나이도 6년 이상 많은 유부녀였다는 것도 알 만한 사람은 알고 있다. 이런 생활이 언제 끝나겠는가, 그날이 좀 더 길어지기를 바랐다. 성혜림은 김정일의 기분이 거슬리지 않게 소박한 인내로 세심하게 노력했다.

저녁 늦은 시간에 들어올 때면 거의 술에 취해 있었다. 경호원이 승용차 문을 열면 두 손으로 정중히 모셔 침실에 눕힌다. 경호원과 운전사도 성혜림의 성의를 알기에 곁에서 경건하게 기다린다. 옷을 조심스럽게 벗기면 품에 안기며 "혜림이, 나에게 모든 것을 다 바치고 있는 마음을 알아" 하고는 얼굴을 쓰다듬어주며 푹 안긴다.

그는 성혜림이 화장을 진하지 그리지 않는 모습을 좋아했다. 일곱 살 때 본 어머니의 수수했던 인상이 기억에 깊이 남아 있는 것이다. 그런 외로웠던 마음을 알기에 때로는 광기에 가까운 쾌락을 요구해도 웃어주며 편하게 받아들이며 검소하면서도 진심으로 그를 보살피는 것이다.

자기에게 인사하면서 아양을 떨거나 멋을 지나치게 내는 여인들에 대해서는 극히 싫어했다. "우리 어머니는 저러지 않았는데" 하는 피해감이 뇌리에 있었다. 모임에서 어떤 문제로 누구를 추궁할 때는 "동무, 왜 그러오. 집에서도 그렇소?" 하며 그의 습관성 행동을 가정생활로 이어보았다.

오늘도 밤이 깊어지기 전, 날이 어두워지면서 들어왔다. 서둘러 나가니 경호원이 승용차 문을 열자 내렸다. 술기운이 아니었다. 허리를 굽혀 인사하는데 등을 밀어주며 방으로 들어갔다. 소파에 앉으면서 손으로 곁을 가리킨다. 무슨 일이지? 조심스럽게 앉았다.

"혜림이."

"네?"

"어머니 일할 수 있지?"

"나이가 있는데 무슨 일을 하겠습니까?"

"도서일 정도는 할 수 있지?"

"그런 자리가 있겠습니까?"

"백두산창작단 도서실 주임은 할 수 있지?"

이것은 또 무슨 특전인가. 노동신문사에서 밀려 평양신문사에서도 이리저리 밀리다 신문사업의 경력으로 보나 실무로 보나 더 할 수 있어도 나이가 많다고 밀어내니 어쩔 수 없이 은퇴하고 집에 있으니 여간 불편한 것이 아니었다. 인민반장이 무슨 동원이요, 무슨 사업이요 하니 집에 앉아 있을 수 없다. 조국이 어려우니 손발이 있으면 수령님을 위하여, 당을 위하여 나가지 않으면 안전원(경찰)이 달려들고 심하면 어디로 끌어가고 지방으로 추방시킨다.

영감이 부지배인이라 해도 남쪽에서 온 놈들, 구역당에서는 박헌영 이승엽 도당의 패거리였다는 것이 전부다. 저런 것들이 어떻게 지금도 평양에 있는지 궁금했다. 그 집의 딸이 영화배우로 드르르하더니 어디로 잡혀갔는지 행방을 아는 사람은 없다. 혹여 알고 있어도 입 밖에 내면 그도 끝장이다. 뼈가 부서져 누워 있지 않으면 부르는 대로 움직여야 한다. 만민이 평등한 사회를 만든다던 소리는 모두 뻥튀기였고 자기들은 비밀요정에서 풍청거리면서 인민들은 앉으나 서나 들볶는 것이 사회주의 붉은 혁명이었다.

김일성은 국가계획위원회회의를 지도하면서 "일군들은 일감을 찾아야 합니다. 그것이 혁명가의 일본세입니다"라고 했다. 김정일은 예술인들의 회의를 지도하면서 "사람은 들볶아야 합니다. 시간이 있으면 잡생각을 합니다. 혁명가는 당이 바람벽도 문이라면 밀고 나가야 합니다" 했으니 사회는 평온한 날 없이 항상 들볶인다.

백두산창작단은 김일성 일가의 영화창작을 위한 조직으로 창작가들은 충신들로 선발된 집단이다. 청사는 아동백화점, 천리마 동상에서 경림동 쪽으로 내려오는 도로에서 보면 지하로 되겠지만 대동강변 옥류관에서 해방공원(해방탑) 쪽으로 보면 1층이다. 문학예술총동맹위원회 사무실로 쓰다 대극장 옆 대동강이 내려다보이는 곳(그 옆에는 4·15문학창작단) 3층 건물로 된 청사를 새로 짓고 옮기면서 백두산창작단이 들어선 것이다. 창작단 성원들과 행정일군들이 있는 곳이라 집단은 적어도 필요한 문헌들이 요구되면 여기저기 찾아다니기보다 자그마한 도서실이 있어야 했다.

김원주는 나이가 있어 은퇴했어도 도서일에는 일가견이 있는 실무가였다. 단장 엄길선, 묵묵히 웃기만 하는 영화인동맹위원장 시나리오 작가 이종순, 머리가 훌렁 벗어진 시인이며 시나리오 작가인 백인준, 무대예술의 총책으로 부상한 연출가 최익규, 병색이 있는 연출가 박학, 6·25 종군촬영가 정익환, 작곡가 김길학, 미술가 김린욱 등은 노동신문 편집주간으로 있던 시절부터 알고 있는 사이라 반갑게 만났다. 부잣집 자식 같은 시나리오 작가 이춘구(1942년생)는 허리를 깊이 숙이며 겸허히 인사했다. 그러고 보면 김정일의 의도인지는 알 수 없어도 영화창작의 핵심들의 모임이었다. 첫 출근 날이라 연출사무실에 간단한 다과를 차리고 옛 회포를 나누는 즐거운 시간이었다. 위층이 아동백화점이라 식품은 부르는 대로 받을 수 있었다.

5 사람의 이별

1

숨길 수 없는 것이 생활이다. 인간은 상대적이기에 틈은 어디에나 있다. 권력자들의 숨겨진 생활도 결국은 세상에 알려진다. 성혜림이 오순희라는 가명으로 모스크바에 있다는 것이 사람들에게 알려졌다. 절대로 이야기해서는 안 되는 것이다. 누가 먼저 입을 털었는가. 누구도 아닌 김정일의 지시로 시작된 영화에서 불거졌다.

흐르쇼프는 소련공산당 비상 21차대회에서 스탈린의 개인숭배를 전면 분석 폭로했다. 스탈린은 김일성에게는 아버지 같은 우상이었다. 32년이라는 나이 차이(스탈린은 1880년, 김일성은 1912년)보다 크나 적으나 나라의 권력자로 내세워주었고 1948년 소련을 방문했을 때는 최고급 승용차 '질'을 선물로 주었다.

(그 승용차는 1950년 10월 청천강전선에서 국군에 노획되어 현재 한국군사박물관에 소장되어 있다.) 6·25전쟁에서는 군수물자 전량을 보내주었고 항공대는 중국 비행장을 이용하면서 전쟁에 참전했다. 전후에는 무상원조도 했다. 그러나 스탈린이 죽고 그의 정책이 타도되면서 소련에 대한 김일성의 태도는 점차 달라졌다.

평양역에서 모란봉 해방탑으로 이어지던 스탈린거리를 인민군거리로 정정했고 평양역 내 회관 벽에 새겨져 있던 흐르쇼프의 조각상을 박박 긁어버렸다. 급기야는 평양역 1호 홈에 세워져 있던 소련군 병사의 동상을 밤중에 해머로 흔적도 없이 까버렸다. 그 위치는 외국인들이 평양~모스크바 국제열차를 타고 내리는 정면에 엄청 크게 세워져 있었다. 이 문제는 평양주재 소련 대사의 엄중한 질책 항의도 있었다. 그 후 김일성이 유럽순방으로 모스크바에 들렀을 때 소련공산당 총비서 체르넨코는 면전에서 추궁했다. 나라를 해방시켜 당신을 내세워주었고 6·25전쟁 물자를 다 보내주었고 전후복구건설에 무상원조도 해주었다. 당신은 지금 그 자리에 누구 때문에 있는가. 평양역 수류탄 투척을 벌써 잊었는가. 소학교 학생의 낙제점을 따지듯 추궁했다. 대답이 궁해진 김일성은 그렇게 된 일이 아니라고 평양역 동상은 자리가 협소해 철거했지만 다른 곳에 보관하고 있다고, 해방탑을 크게 개축하면서 그 주변을 해방공원으로 확장하려고 새롭게 준비하고 있다고 없는 말을 했다. 그런 변명도 외교정책의 한 방책일 수도 있다.

그렇게 바쁘게 돌아와 다시 건립하고 확장된 주변이 지금의 해방공원이다. 수류탄 투척은 1946년 3월 김일성이 평양역 앞에서 군중들에게 연설하려 나설 때 우익단체에서 그를 향해 수류탄을 던졌다. 위기일발의 순간 키가 큰 소련군 중위가 공중으로 날아오는 수류탄을 손으로 받아들고 뛰어가던 중 폭발하면서 손목이 잘렸다. 체르넨코는 이 긴박한 순간을 상기시킨 것이다. 그 소련군 중위는 김일성의 경호원이었다.

평양에서는 이 실화를 주제로 소련과 합작하여 만든 영화가 〈영원한 전우〉다. 여기서 뜻밖에 성혜림의 이름이 튀어나왔다. 시나리오 작가 이진우는 소련 영화인들과 작업하면서 모스크바에 오순희가 있다. 그가 영화배우 성혜림, 김정일의 본처가 아닌가. 금시초문이다. 당시 현장에는 러시아어 전문가로 영화촬영을 총괄지도하던 연출가 오병초가 있었다. 그는 문제의 이해와 판단이 빠르고 예리한 사람이다. 오순희가 누구라는 것을 직감하고 소련 측에 우리나라는 예로부터 단일민족으로 생김이 서로 비슷하다. 그 여자는 배우가 아니라 인민군 총참모장 오극렬의 일가친척으로 모스크바에서 치료를 받는다고 유창한 러시아어로 친절하게 말해주었다.

"그런가?"

이야기는 그렇게 듣기 좋게 끝났어도 세월이 흘러서는 참혹하게 이어졌다. 16년 후에….

2

여자의 일생은 사나이를 만나면서 불행이 시작되는 것이 아닌지. 김현숙에게 성혜림의 이야기는 남의 일이 아니다. 아들을 낳았다는 말을 듣기는 했어도 모스크바에 있다는 것은 놀라운 운명의 버림인 것 같았다. 성혜림도 그런 생각을 하면서 접근한 일이기는 해도 벌써… 하는 마음이 슬프다. 김현숙은 자신에게도 그런 문제라면 잊을 수 없는 상처가 가슴에 깊이 새겨져 있다.

그는 태어나면서부터 귀여운 아이, 아름다운 처녀, 매력 있는 여인으로 뭇 사나이들의 눈길을 끌었다. 불같은 열정인지 행운인지 20세에 촬영가의 손에 끌려 부부생활을 시작했다. 사내애가 태어나고 뒤이어 처녀애가 태어났다. 그래도 젊음은 아름다웠다. 이러다 폭삭 늙어버리면 어쩌지…. 안 되겠다 싶어 당분간 애를 낳지 않기로 했다.

1956년 소련과의 친선을 위해 영화를 합작하려고 했다. 소련 출신으로 작가동맹부위원장 아동작가 서만일의 시나리오 〈동방의 아침〉 여주역으로 김현숙이 지명됐다. 줄거리는 소련군인들이 조선해방을 위한 전투를 처녀공작원의 지혜로운 안내로 일본군과 전투에서 승리한다는 내용이다. 그러니 남주역은 소련배우다. 김현숙은 그들의 추잡한 행태를 해방된 공간에서 처녀의 눈으로 수없이 보았기에 함께 촬영할 수 없다고 말했다.

당중앙위원회 선동선전부장 박창옥이 현장에 내려와 야단을 쳤다. 그는 소련의 지방 구역선전부에서 일했던 것으로 이것은 당에 대한 도발이다. 한 인간의 처사로 당과 국가의 위상이 실추될 수 없다고 강박했다. 소련인들은 영화를 촬영하기 전부터 김현숙에게 달려들려고 했다. 그녀는 영화촬영을 뿌리치고 촬영소로 돌아왔다.

서만일은 소련과의 친선을 위해 당의 절대방침이라고 떠들어도 김현숙은 출근하지 않았다. 남편 촬영가 조일혁(가명)은 내성적인 사람이었어도 한 여인을 제물로 바치려는 것이 노동당의 정책인가, 당신의 아내라면 귀한 딸이라면 그렇게 하겠는가. 서만일은 대답을 못했다. 다음날 영화촬영소에 내려온 박창옥은 조국을 해방시켜준 소련과 친선을 파탄시키고 당을 중상모독했다며 조일혁을 10형으로 교도소에 넣어버렸다.

재능 있는 촬영가 조일혁은 그렇게 당의 배신자 나라의 역적으로 끌려갔고 김현숙은 두 아이의 엄마로 과부가 되었다. 그로부터 몇 달 뒤 박창옥은 물론 소련파들이 전부 숙청됐다. 무슨 이유인지 조일혁의 소식은 없었다. 노동당이 한 여인을 정책의 제물로 바치려했다는 주장은 당과 국가에 대한 씻을 수 없는 반당반국가 행위로 처벌은 피할 수 없다는 것이다.

박창옥과 서만일의 요구는 그들의 주장이었지 당은 그런 의도가 아니었다는 것이다. 누가 그 자리에서 떠들 때는 당의 요구라고 끌어가면서 그들이 무슨 이유로 간첩이고 반당종파분자이며 혁명의 배신자라고 축출할 때는 그들이 행했던 일은 그 개인의 강요였다고 둘러대는 것이 정책의 요구라면 평민들은 이래도 죽고 저래도 죽어야 하는 것이 권력의 숨겨진 책략이 아니겠는가. 교도소 10년이면 무슨 이유를 만들어 정치범수용소로 영구히 끌려갈 수도 있다. 그 암담한 세월을 누가 알겠는가?

　김현숙은 거울 앞에 앉아 울었다. 자기는 왜 남들처럼 평범하게 태어나지 않았을까. 남편이 어디로 끌려갔는지도 모른다. 그의 품에 안기고 싶다는 것을 지금처럼 느끼지 못하고 살았다. 그러니 자기는 그의 품에서 엄벙덤벙 살아온 셈이다. 이마가 훤칠한 남편은 사진 속에서 자기를 보면서 웃고 있다. 손을 잡아줄 때는 그리도 따뜻했는데…. 아직 자기를 어디로 추방한다는 말은 들리지 않아도 아이들을 살리자면 촬영소로 나가야 했다. 화장도 그리지 않고 옷은 되는 대로 걸치고…. 아름다운 꽃은 잡풀이 무성하다고 향기가 사라지지 않는다. 그런 모습이 소박한 의미로 더 진할 수도 있다.

　며칠 후 당위원회에서 조일혁과 이혼하라는 지시가 내려졌다. 그러지 않으면 추방한다는 것이다. 어떻게 할 것인가…. 광산이나 탄광이 아니면 심심산천…. 노배우들인 문예봉 김연실 김선영, 연출가 천상인 박학도 지금은 당분간 그렇게 하라고 권유했다. 남편이 언제든 나오면 그때 다시 마음을 정하면 된다고. 아이들이 아직 학교에 갈 나이는 아니라도 추방된 아이라고 이놈 저놈 놀려댈 것이다. 그런 선택이 좋을지 알 수 없어도 그렇게 이혼문서를 만들어 보냈다.

　그때를 기다렸는지 영화의 주역으로 부른다. 단역은 어떨지…. 지금은 그렇게 나서고 싶지 않은데…. 시나리오 이종순, 연출가 천상인은 이번 영화의 주역은 누구를 둘러봐도 김현숙이라고. 그렇게 출연한 영화가 항일투쟁을 주제로 한 〈벗들이여 우리와 함께 가자〉였다.

3

 남자의 주역은 국립연극극장에서 넘어온 우둥퉁한 젊은 사나이였다. 남자로는 어떻겠는지 붙임성도 없고 만나면 투박하게 "안녕하십니까" 한마디 던지면 그것이 인사였다. 그는 연극영화대학을 졸업하고 국립연극극장에 배치됐는데 극장은 배역이 제한되어 있다. 우둥퉁한 그런 체형으로는 무대 출연이 하늘의 별 따기였다. 하지만 실기연습에는 열정적이다. 연극극장 총장 겸 연출가 황철은 그의 연기력이 아까워 영화촬영소 고문격인 강홍식에게 연락하고 보내준 것이다.
 "선생님, 많이 배우겠습니다."
 그는 첫 영화 〈갈매기호 청년들〉의 주역으로 출연해 성공했어도 배우생활은 김현숙이 자기보다 몇 년 선배고 나이도 많으니 그런 인사가 틀린 것은 아니더라도 덩치 큰 사나이가 꾸벅하니 멋쩍기도 했고 우습기도 했다. 몇 번 마주하고 보니 투박해서 그렇지 텁텁하면서도 붙임성이 생각보다 좋았다. 그는 영화에서 파르티잔 공작원이고 김현숙은 산림대 부대장의 딸이다. 공작원은 딸을 통하여 대장을 끌어들여 반일투쟁으로 돌려세우는 것이

목적이라 둘의 관계는 자연스럽게 자주 접촉하게 된다. 그 과정에 딸과 공작원은 남모르게 사랑하게 된다. 그것이 영화의 줄거리다. 그들의 출연은 성공이었다.

김현숙은 태생의 매력으로 인기가 있었지만 엄길선은 그 영화의 출연으로 일약 명배우로 이름을 날리게 되었다. 영화촬영을 끝내고 황철에게 달려가 "총장님, (그때는 그렇게 불렀다) 저를 영화배우로 내세워주어 고맙습니다"라며 큰절을 올렸다. 그것이 고별의 인사였다. 황철은 1930년대 영화의 불모지였던 우리나라의 최초 연출가 나운구의 수제자로 연극배우로 명성을 떨쳤다. 그는 엄길선의 실기연습에서 앞으로의 재목을 알아보았다. 떠나보내면서 한마디 던졌다.

"성공할 때까지 고개를 들지 않는다."

"예, 명심하겠습니다."

영화촬영소에서 경비원, 먼지를 뒤집어쓰는 석탄 보일러공, 시키는 일을 묵묵히 하면서 연습에 열정적이었다. 기록영화촬영소 연출가에서 예술영화촬영소 연출가로 등단한 천상인이 그의 열정적인 실기를 보고 〈갈매기호 청년들〉의 주역으로 불렀고 다시 〈벗들이여 우리와 함께 가자〉의 주역으로 성공했다. 얼마 후 황철은 심정지로 세상을 하직했다. 가는 사람이 있으면 오는 사람이 있다고 그것이 어쩌면 인간들이 피할 수 없는 운명인지도 모른다. 영화에서 사랑이 그들의 생활로 이어지면서 엄길선은 적극적이었다.

당위원회에서 김현숙의 남편은 10형을 받고 교도소에 있다고 아직 결론이 없다. 지금은 접근하지 말라고 했다. 그렇다고 엄길선을 질책할 수도 없다. 김일성이 영화를 보고 잘 만들었다고, 이제는 우리 당이 키운 젊은 사람들이 제 노릇을 한다고 주인공이 믿음직하다고 도와주라고 했다. 그러니 누가 뭐라 하겠는가. 이룰 수 없는 사랑은 그렇게 이어지는가 했는데 그녀가 받아들이지 못하고 있었다. 문서상으로 이혼했다고 해도 가슴에 새겨진 그리움과 처녀로 성숙하면서 여인이 되기 전 손을 따뜻이 잡아주던 사랑을 어떻게 버릴 수 있겠는가. 그가 언제든 나온다면 10형으로 끌려갔던 사람을 누가 같이 살아주겠는가, 생각할수록 시름은 깊어갔다. 그런데 고마운 것은 그토록 적극적이던 엄길선이 여인의 깊어지는 마음을 알고는 그때를 기다리면서 너그럽게 이해했다. 살아보면 사나이들의 20대 중후반이면 어디서 만나자고 기다리겠다는 등 치근치근 보챈다. 영화에서는 그렇게 적극적이던 감정을 현실에서는 느긋이 자제한다. 처음 보았을 때의 인상과는 다른 의지가 굳고 대범했다.

엄길선은 정중히 말했다.

"그 문제 때문에 너무 고심하지 마십시오."

김현숙은 조용히 말했다.

"그이(전 남편)의 말을 들어야 할 것 같아요."

교도소를 찾아가겠다는 심사였다. 김현숙이 이 말을 하게 된 속심은 엄길선이 어떻게 받아들이는가 느껴보려는 심사이기도 했다. 이혼한 사람인데 뭐 그렇게까지 찾아다니겠는가. 사람은 상반되는 심기(질투)를 숨기지 못하고 무심코 말을 던질 수도 있다. 그것이 숨기지 못하는 욕망이 아니겠는가.

그는 대범하게 받아들이며 말했다.

"그래야지요. 아이들과 같이 갔다와요. 선생님은 커가는 애들이 얼마나 보고 싶겠습니까."

엄길선은 촬영가 조일혁이 영화의 훨씬 선배였기에 선생으로 불렀다. 김현숙은 눈물이 어렸다. 투박한 사람이 이런 인성이구나….

"나 혼자 조용히 다녀오겠어요."

"아이들은요?"

"봐주겠어요?"

"예, 내가 돌보겠으니 잘 다녀와요."

눈물이 앞을 가려 뭐라고 대답을 못했다.

4

사리원은 열차로 1시간 30분 정도라고 한다. 새벽 시간이어서 달리는 열차의 차창으로 흐르는 풍경이 어떤 것들인지 눈에 들어오지 않는다. 김현숙은 남편이 갑자기 끌려가고는 처음 찾아가는 길이다. 너무도 미안했고 어쩌면 스스로 부끄러웠다. 긴 목수건으로 얼굴을 가리고 열차에서 내렸다. 사리원은 처음 와보지만 불안해서인지 눈에 보이는 것들이 그저 그랬다. 지나는 사람에게 물어보니 손을 들어 가리키며 교도소는 저쪽에 있다고, 들리는 소리에 의하면 죄수들이라도 유순한 사람들이 모이는 곳이라고 했다.

교도소에서는 영화촬영소 증서를 내주며 목수건을 풀자 어…, 이게 누구야? 영화의 그 여자 아닌가. 그 유명한 여배우가 나타났다는 소리에 교도소가 들썩했다. 남편은 병동에 있다고 했다. 만날 수 없는가…. 일반면회 장소가 아닌 사무실에서 조용히 만나도록 해주었다. 병동이 멀어서인지 시간이 퍽 지나면서 간호사들이 담가를 들고 들어온다. 파리한 시체가 얼굴을 든다.

남편이었다.

"영수(가명) 아버지!"

"현숙이!"

그는 놀라며 상체를 든다.

"당신이 어떻게?"

그는 한마디 던지고 고개를 떨군다. '이혼에 동의한다'는 문서에 손도장을 눌러 보냈는데 이렇게 나타나니 뜻밖이 아닐 수 없다. 일어나려고 하자 간호사들이 곁들어 의자에 앉히려는데 엉덩이 살이 빠져 바로 앉지 못했다. 김현숙이 서둘러 상의를 벗어 포개어 깔아주고 품에 안아주니 마른 몸체가 착 달라붙는다. 사람이 이렇게까지 되는가. 흐느꼈다.

"늦게 와서 미안해요."

"괜찮아, 이렇게 와주어 고맙소."

그는 메마른 몸을 김현숙의 품에 맡기고 뼈만 남은 신체에 눈물은 어디서 나는지 소리 없이 흐른다. 간호사들과 처녀계원은 눈을 글썽이며 조용히 나간다. 종군촬영가로 6·25 전선에도 나갔었는데, 이런 사람이 당의 배신자라고 말하는 놈들이 누구냐고 소리쳐 외치고 싶다. 그들은 축출됐어도 어떤 이유로든 교도소에 갔다오면 그에 대한 반감을 품는다고 이렇게 세월없이 잡아두는 것이다. 이것이 당과 조국을 위해 묵묵히 죽어야 하는 현실이다.

지난 달에 연출가 박학, 촬영가 정익환, 배우 문예봉, 화가 정현웅이 왔었다는 것이다. 그는 배우 김연실의 남편이다. 그들은 6·25전쟁을 같이했던 지우들이다. 김현숙은 그들이 왔었다는 것을 모르고 있었다. 면회시간이 15분이라는데 벌써 45분이 지나고 있었다. 몸에 좋다는 찰밥을 가져왔어도 몇 술 들지 못한다.

"누가 나선다지?"

알고 있구나.

"문 선생이 그만하면 괜찮다니까 그렇게 해."

그는 예견했던 일이다. 홀로 있는 아름다운 여인을 누가 탐내지 않겠는가, 있을 수 있는 일이다.

얼굴을 들지 못하고 말했다.

"마음을 정하지 못했어요."

"앞으로 내가 나가겠는지 모르겠지만 이런 몸으로 나간다 해도 탄광이나 광산이 아니면 심심산천으로 추방하겠는데 아이들을 그런 험지에 묻어버릴 수 없잖아. 그렇게 해주오."

김현숙은 얼굴을 들지 못하고 흐느꼈다.

"나에 대한 당신의 마음은 고마워도 아이들이 탄광이나 광산 등 심심산천에서 부대기를 헤쳐야 한다면 그 애들이 어른이 된 후에 엄마 당신을 어떻게 생각할 것 같아. 현숙이 아이들을 위해서도 그렇게 해야지. 그러면 나도 마음이 편할 수 있어. 꼭 그렇게 해주오."

"당신은 어떻게 하겠어요?"

물어보면서도 대답할 수 없는 사랑하는 여인의 막연한 투정이었다. 뼈가 앙상한 그는 눈물을 숨기지 못하면서도 다시 당부했다.

"현숙이, 나는 죽어서도 당신을 사랑할 거야. 그러나 우리에게는 내일이 창창한 아이들이 있잖아. 그 애들의 운명이 당신 품에 있어. 우리는 서로 너무도 사랑하기에 아이들을 위해 멀어지는 이별이지. 미안해하지 마. 부탁할게."

마지막 말은 흐느끼면서 털어놓는다. 처녀계원이 들어온다. 이제는 헤어지라는 뜻이다. 언제 나오겠는지, 나오기는 하겠는지 내의 두 벌에서 한 벌은 입히고 한 벌은 여벌로 남기고 양말 열 켤레, 두툼한 목도리도 맡기고 사탕 열 봉지를 계원에게 주며 하루에 몇 알씩 전해달라고 부탁했다. 감방에는 맨 도둑놈들이라고 하니 계원에게 돈을 맡기고 필요하면 찾아 쓰라고 했다. 핏기 없는 마른 손을 더듬어주며 품에 꼭 안았다. 재능있는 촬영가 조일혁은 본의 아니게 자기 때문에 이렇게 끌려와 앙상한 반 시체가 된 것이다. 죄를 만들고 씌우면 법이 되는 세상, 김현숙은 뼈만 남은 앙상한 현실이 너무도 분하고 억울했다.

6 유부녀의 수

1

김현숙은 엄길선과 부부생활을 조용히 시작했는데 다시 영화의 주역으로 부른다. 연극축전에 올라왔던 함경남도연극단에서 박령보 극본, 고기선이 연출한 연극 〈해바라기〉를 김일성이 영화로 만들라고 했다. 박령보 시나리오, 오병초 총괄지도로 1930년대 동북 만주군 부대에서 있었던 실화를 바탕으로 하는 작품이라 현지와 비슷한 함경도 일대에서 숙식하는 어려운 촬영이었다.

남주역은 위만군 중대장에 차계룡, 파르티잔 공작원(작식대)은 김현숙이 맡게 되었다. 연극이 상당한 평가를 받은 작품이라 촬영은 무척 신경쓰였다. 내용 전개의 대목에서 중대장과 공작원의 격정적인 대립이 긴박하게 이어진다. 촬영을 무난히 끝냈다. 군더더기 없는 성공이다. 김일성은 영화를 보며 김현숙의 연기를 칭찬했다.

"저 동무는 영화에 나올 때마다 잘해."

김현숙은 〈벗들이여 우리와 함께 가자〉와 같은 인기를 다시 불러왔다. 차계룡의 위만군 중대장 역도 좋았다.

"차계룡이 듬직해."

후에 알게 된 일이지만 차계룡 할아버지는 소급시절 김형직(김일성의 부친)과 한마을에서 자랐다. 그래서인지 그의 출연을 좋아했다. 후에 2·8영화촬영소가 설립된 후에 그를 소장으로 직접 임명했다. 〈해바라기〉 시사회가 끝난 며칠 후 갑자기 창조성원들만 부른다는 연락이 왔다. 무슨 일이지? 촬영소의 털털 버스에 올라 도착하니 옥류관에서도 안방으로 들인다. 커다란 원탁에 음식이 차려졌다. 옥류관 지배인이 차계룡 곁에 자리를 남겨두고 김현숙을 앉혔다. 누구를 염두에 두고 있는 것 같다. 그 옆으로 영화촬영을 총괄했던 오병초 촬영가와 작곡가, 미술가들이 둘러앉았다.

잠시 후 경호원이 들어오고 김정일이 들어왔다. 밖에도 경호원들이 서 있는 것 같다. 모두 자리에서 일어났다. 풍채 좋은 지배인이 자리를 정중히 가리킨다. 차계룡과 김현숙의 사이 자리다. 마음이 섬뜩했다. 이런 자리가 끝나면 조용히 데려간다. 그곳이 어디인지 그때그때 달라지니 알 수 없어도 그렇고 그런 곳일 듯했다.

김정일을 따라 자리에 앉았다. 지배인이 커다란 잔에 술을 차

레차례 붓는다. 보랏빛 색깔이 아름다워 가슴이 두근거렸다. 누구를 축하하는 것도 아니고 무슨 모임도 아니고 왜 그런지 분위기가 묘했다. 김현숙은 '동방의 아침' 사건 이후로 되도록 이런 자리를 피했다. 일군들도 그녀의 마음을 알기에 부르거나 찾지 않았는데 오늘은 생각지 못했던 일이 닥친 것이다.

김정일이 둘러보며 말했다.

"이번에 〈해바라기〉를 잘 만들었습니다. 내가 한턱내려고 동무들을 불렀습니다. 아니, 모셨습니다. 하하, 자 듭시다."

대학생인 그가 이렇게 해도 되는가? 하기는 왕자니까. 그는 대범하다는 듯 큰 잔을 들어 한번에 들이켠다. 지배인이 그의 잔에 또 술을 붓는다. 다른 사람들도 조금씩 천천히 마셨다.

"현숙 동무도 드시오. 포도주는 취기가 없습니다."

무슨 소리, 취기가 없기는. 점차 술기운이 들자 웃음소리가 나오고 말들이 한입 두입 열린다.

"윗분동지, 오늘의 영광을 잊지 않겠습니다."

차계룡이 일어나 정중히 인사했다.

"수령님께서 주인공들의 연기가 좋다고 높이 평가하셨습니다."

차계룡을 향해 웃어보이고 또 김현숙에게 웃어보이는 김정일의 눈길이 야릇했다. 가슴이 뛰고 눈앞이 어지러웠다.

오병초가 일어나 정중히 말했다.

"워낙 주제가 좋았습니다."

"이번에 고기선에게 공훈예술가 칭호를 주기로 했습니다."

모두 탄복했다.

"그렇습니까."

고기선은 함흥극장 연출가로 이번 영화를 만들었다. 지방극단 연출가에게 공훈예술가 칭호는 드문 일이다. 갑자기 옥류관 직원이 다가와 지배인에게 뭐라 속삭인다. 지배인이 놀라며 김정일에게 조심스럽게 말한다.

"김현숙 선생 아들이 급히 서평양 종합병원으로 갔답니다."

"무슨 일이라오?"

직원이 두 손을 합장하고 말했다.

"모르겠습니다."

"현숙 동무, 어서 가보시오. 엄마는 자식을 위해서 생사를 던집니다."

경호원에게 말했다.

"차를 내주시오."

"옛."

지배인이 나선다.

"우리 차를 보내겠습니다."

"그렇게 하시오."

김현숙은 허리를 깊이 숙이고 밖으로 나왔다. 옥류관 운수용 풍차가 기다리고 있었다. 서평양 종합병원은 옥류관에서 천리마 동상 언덕을 넘어 내려가면 가까운 거리다. 병원에 들어서니 아들이 주사를 맞고 있었다. 곁에 중년의 내과 과장이 있고 엄길선은 딸의 손을 잡고 있었다. 병원일군들, 환자들은 엄길선이 왔다고 수군거리다 김현숙이 나타나니 더 술렁인다. 영화 〈해바라기〉가 나온 직후라 인기는 더 대단했다. 해가 지면서 집으로 갈 수 있었다. 모란봉 을밀대가 지척에 보이는 월향동 10층 아파트까지 1·5킬로미터 정도 가깝다. 일곱 살 아들은 엄마 손을 잡고 걸었다. 김현숙은 아이들이 잠들자 남편의 손을 꼭 잡았다. 다음 날 노동신문에 함흥극장 연출가 고기선에게 공훈예술가 칭호를 준다는 소식이 실렸다.

2

옥류관에서 서평양 종합병원으로 급히 떠나올 수 있었던 것은 김현숙이 엄길선과 생활을 시작하면서 약속했던 일이었다. 누구에게는 용서받을 수 없는 행위였지만 본의였든 아니든 첫 남편을 감옥에서 다시 먼 깊은 산골로 보내고, 영화인으로 차례지는 명예가 최고일 수 있어도 그보다 더 중요한 것은 아이들과 내 남편을 지키려면 어쩔 수 없는 선택이었다. 위에서 조직하는 일이 추잡한 행위로 예견되면 남편이 뒤에서 적절히 대책한다는 것이다. 그날은 부르는 것 자체가 옥류관이라니. 그 뒤에 무슨 일이 있을 수 있다는 예감이 든 것이다.

엄길선은 영화 〈청년전위〉의 주역을 준비하는 중에 〈해바라기〉 창조성원들이 버스에 실려 옥류관으로 떠나는 것이 이상했다. 아침에 아들이 아프다고 했는데 집에 다녀오겠다고 출연작업 풍차를 타고 달렸다. 집 주변 월향유치원에 들러 선생에게 이야기하고 아들을 태우고 서평양 종합병원 내과로 갔다. 과장은 치료를 시작하면서 간호사에게 옥류관에 연락하도록 했다. 조금 후에 김현숙이 도착하면서 일은 무사히 끝났다.

앞으로 이런 일이 또 없으리라고 누가 알겠는가. 위에서 마련한 술자리에 여자들을 곁에 앉힌다는 것은 인류사의 추잡한 흐름이다. 김현숙은 남편과 같이 지방극단으로 내려가면 어떻겠는지 생각도 했다. 그것은 현시점에서 불가능한 일이다. 김현숙과 엄길선이 영화에서 없어서 안 되는 인물이기 때문이다.

김정일의 음침한 눈길을 어떻게 피하겠는가. 생각은 점점 깊어갔다. 그가 의식하지 못하게 인사를 남기고 조용히 곁을 떠날 수 없을까. 그러는 사이 영화〈청년전위〉가 나왔다. 영화는 임춘추가 쓴 장편소설『청년전위』전후 편을 국립연극극장에서 만든 연극〈청년전위〉를 다시 영화로 촬영했다.

임춘추는 1930년대 만주에서 활동한 파르티잔 출신으로 의술에 조예가 있는 지식인이다. 주인공 유삼손(유경수)은 최현부대의 목공대원에서 분대장, 소대장, 중대장, 해방 후에는 105탱크여단장에서 사단장으로 6·25전쟁에 참가했던 김일성군사의 핵심이었다.

엄길선은 유격대 연대장 유삼손 역을 그럴듯하게 했다. 성공이었다. 공훈배우의 칭호를 받고 겸해서 김일성의 녹용을 특별선물로 받았다. 이런 영광, 이런 행복이 어디 있겠는가, "김일성

동지 만세!" "조선노동당 만세!" 명예칭호와 선물 수여식장은 열광의 축제였다. 김현숙은 조용히 눈물을 흘렸다. 사람들은 그의 눈물을 남편의 기쁨으로 생각하겠지만 전 남편 조일혁의 재능이 너무도 소중했고 그렇게 버려지는 게 절망스럽고 그리웠다. 그 날의 모임에는 김일성의 책임서기 정하철을 비롯한 당중앙위원회 과장 신인하 등 일군들이 참가했다.

엄길선은 산삼과 사슴뿔로 만든 녹용을 아내에게 쓰려고 작정하고 술에 잠가 공복에 한 잔씩 들도록 했다. 김현숙이 아니라고 해도 자기는 체격이 좋으니 당신이 건강해야 집안일이 잘 된다고 마시도록 했다. 그때가 임신 중이었다. 얼마 후 엄길선의 첫 아이가 태어났다. 집으로 돌아온 날, 아이들이 잠든 늦은 시간에 나무라듯 물었다.

"왜 여자애를 낳았어?"

"왜요?"

"보기 싫잖아."

김현숙이 웃으면서도 눈물을 글썽이며 말했다.

"그러지 마세요."

아기는 신통히 아버지를 닮아 우둥퉁했다. 남자애라면 신체가 괜찮겠지만 여자애로는 밉상이다. 전 남편 조일혁의 아이들은 사내아이도 처녀애도 곱상했고 웃는 모습이 예뻤다. 그런데 산모의 신상이 해산하고 축가는 것이 아니라 점점 좋아져 녹용의 효과가 있는 것 같았다. 병원의 진단은 혈압이 160으로 고혈압 중세를 보인다는 것이다. 혈압을 내리는 약으로 처방을 받으며 집에서 쉬고 있었다.

3

 엄길선은 새로운 영화 〈유격대 5형제〉의 오중흡 역을 준비하고 있었다. 그는 실제 인물로 충신으로 알려져 있다. 김일성부대에는 두 개 연대로 조직되어 있었다. 당시 파르티잔 군사조직은 3명이면 분대장, 10명이면 소대장, 30명이면 중대장, 그 사이에 지대장이라는 편제가 있었고 60명이면 연대장이라 부르던 시절이었다. 7연대, 8연대 그 중 7연대가 오중흡부대다. 8연대 연대장 임수만은 일본군에 투항했다. 그는 해방 직후 사회가 어수선할 때 1946년 달구지를 끌고 두만강을 건너 술장사로 어슬렁거리다 그 일대에서 일본군 잔재를 정리하던 유경수에게 체포되어 현장에서 처단됐다.

 그런 영화의 주역으로 출연하는 촬영이라 기대하는 바가 컸다. 작품은 아동작가 박승수, 시나리오 한가정이 〈유격대 5형제〉로 재편되면서 오병초의 총괄지도로 만들어졌다. 엄길선은 파르티잔 연대장 역을 잘 형상했다. 김일성은 영화의 내용과 주인공 역을 높이 평가했다. 인민배우의 칭호와 함께 이번에는 김정일의 개인 명의로 특별선물 녹용을 보냈다. 박승수는 작품의 성공으로 문학예술총동맹 당위원회 책임비서로 승격했다. 그 직책이 도당위원회 책임비서 급은 아니라도 책임비서는 책임비서였다.

김현숙은 해산 후 백인준 시나리오, 오병초 연출 〈최학신의 일가〉에 출연하게 되었다. 작품은 1956년 국립연극장에서 연극으로 공연된 바 있다. 당시 군중들의 평가는 좋았으나 일부 비평가들이 공산주의 혁명가를 내세우는 때 하느님을 부르는 목사를 주인공으로 내세워서 되겠는가? 오병초는 혁명의 논리는 그만두고라도 사회의 원리도 모르고 떠드는 그들의 언동이 어이없었는지 이렇게 반문했다.

"혁명투쟁은 적과의 투쟁도 있고 내부로는 사회를 개조하려면 상대가 있어야겠지요? 그 상대는 지주자본가이겠지만 목사 신부도 공산주의 대상입니다. 그들에 대한 포섭은 우리 혁명의 요구입니다."

작품은 신앙생활에 성실한 목사는 자기가 그토록 믿었던 미국인들에게 아들딸, 아내까지 잃고 비통하게 울부짖는 철저히 반미작품이었다. 10년 세월이 지나 작가와 연출가는 그 작품을 다시 영화로 만들기로 했다. 오병초의 말에 의하면 생사를 걸고 만들었다고 한다.

백인준은 1956년 극본 〈최학신의 일가〉를 쓰고 김일성이 참가한 문화인들의 모임에서 작가에게는 창작의 자유가 있어야 사색적인 시대적 작품이 다양하게 나올 수 있다고 말했다.

김일성이 책상을 탕 치며 직설로 추궁했다.

"창작에서 자유를 떠드는 저런 사람이 사대주의 수정주의입니다. 대단히 위험합니다."

며칠 후 평안남도의 허허벌판 농촌으로 추방됐다. 회의를 시작하면서 폭넓게 기탄없이 이야기하라는 소리에 그 속심도 모르고 나섰다가 된벼락을 맞은 것이다. 그는 큰 키에 40대에 벌써 대머리였다. 한평생 글을 쓴다고 어정거린 그가 농촌에서 일하면 얼마나 잘하겠는가. 집에서는 아침저녁 땅개 같은 작달막한 마누라가 껑충한 꼴이 보기 좋다고 바가지를 박박 긁어 그의 처지가 말이 아니었다. 그런 누적을 전해들은 오병초가 시나 몇 편 써서는 평양에 들어올 수 없다고 농촌을 주제로 시나리오를 써서 보내라고 영화로 만들겠다고 했다. 그렇게 만든 영화가 〈두 작업반장〉이다. 농촌의 두 작업반장이 논밭 물길을 두고 서로 심술을 부리는 희극적 내용이다. 영화를 본 김일성이 웃으면서 누가 썼는가 물었다. 백인준이 썼다고, 그러니 무사히 통과된 셈이다.

김일성은 1960년 4·19봉기가 일어나자 남조선 정세가 혼란스러운 이런 기회를 놓치지 말고 3호청사(남조선사업부)에서 청년들을 많이 파견하여 통일을 위한 기지를 튼튼히 꾸리라고 강력한 지시를 내렸다. 그 당시 대학생들이 공작원(간첩)으로 많이 파견되었다.

오병초는 백인준에게 그런 내용을 주제로 시나리오를 쓰라고 했다. 그렇게 나온 영화가 〈성장의 길에서〉 전후 편이다. 영화의 남조선 청년혁명가 역은 엄길선과 최부실이 했다. 영화를 본 김일성이 잘 만들었다고. 누가 썼는가 물었고 백인준이 썼다고 하니 고개를 끄덕이며 "데려다 쓰시오" 했다. 백인준은 가까스로 평양으로 다시 들어올 수 있었다.

　오병초는 백인준에게 앞으로 살려면 김일성일가의 작품을 쓰라고 했다. 그런 건의로 김정일의 어머니 김정숙의 일대기〈친위전사〉를 비롯한 작품을 쓰면서 후일 문학예술총동맹위원장 자리까지 오르게 된다. 그런 의미에서 백인준에게 오병초는 부를 수 없는 마음속 신 같은 존재일지도 모른다.

　만약 영화〈최학신의 일가〉촬영에서 조그마한 실책이라도 제기되면 곧바로 죽는 것이다. 김정일은 오병초의 이론과 실력은 흠잡을 데가 없지만 말 없는 그의 은근한 둥근 대머리가 눈에 거슬렀다. 그는 어떤 경우에도 작품을 들고 찾아가거나 주제 설정에 대한 문제를 묻지 않았다.

　총탁으로 까죽인 시인이며 시나리오 작가였던 박근의 해외탈출 시도에 오병초가 깊이(본인은 부인) 관여되었다는 것을 알면서도 연출 촬영 미술 음악에 대한 분석이 해박하기에 버리지 못했다. 그의 훌렁 벗어진 머리를 두고 "대머리가 좋습니다"라고 알 수 없는 말을 던지기도 했다. 그런 의미에서 오병초와 백인준은 이번 작품에 명을 걸어야 했다. 영화는 명배우들인 유원준 김선영 황민 김현숙의 출연으로 대성공이었다. 영화가 유럽에서 떠들기는 처음 있는 일이었다. 연출 전반이 치밀한 구성으로 연기는 물론 촬영 음악, 소도구의 활용이 주제에 어울리는 것으로 높은 평가를 받았다.

　영화에서 누나(김현숙 역)와 남동생(국군 대위)이 오랜만에 만나 아버지, 어머니를 모시고 지난 날 가정의 행복을 그려보며 부르는 노래가 처음에는 없었다. 오병초가 가정의 흐름으로 보나 시대상으로 "오, 내 사랑"이 어울릴 것이라고 삽입했고 화목한 가정의 분위기에 방 한쪽의 화려한 조각(뱀에 온 가족이 칭칭 감긴 고대 그리스의 명품)은 닥쳐올 비운을 암시하는 철학적 사색을 주는 한 편의 시 같은 장면들이다. 이런 영화는 오병초가 아니면 만들 수 없었다.

김일성은 영화를 보고 10년 전 연극보다 좋다고 칭찬했다. 우리나라에서도 이런 영화를 만들 수 있다는 것이 놀랍다고 감탄했다. 김현숙은 목사의 딸 미인으로 출연했다. 김정일은 영화를 보고 "몸이 많이 좋아졌습니다. 보기 좋습니다"라며 그 음탕한 속심을 드러냈다, 몸이 좋으니 타고 싶다는 수작인지, 누르고 싶다는 수작인지. 그 속을 들여다보면 유부녀의 품을 좋아하는 음욕은 끝이 없을 것이다.

4

김현숙은 혈압이 높다고 장기휴가를 냈다. 영화촬영소에도 진료하는 의사가 있고 간호사가 있어도 서평양 종합병원의 진단은 실무진들의 깊은 염려였다. 혈압기록을 보면 180을 넘기는 고혈압2기 증세라고 했다. 200을 넘어선 기록도 있다. 혈압약을 정기적으로 복용하니 그 정도지 자칫하면 위급하다는 소견이었다. 실지로는 160을 오르내리는 정도였다. 어떻게 하면 김정일의 음탕한 눈길을 피할 수 있겠는가. 이 문제는 남편과 여러 차례 상의했다. 김일성, 김정일의 만세를 부르면서도 멀어지려는 방법이 합리적이라는 답으로 기록한 혈압문서였다. 김정일은 의사들의 종합기록을 보고 생각이 깊어지는 모양이다.

잠시 후 묻는 듯 말했다.

"그러면 지금부터 집에 들어간다. 아직 40전 한창인데…. 좀 편한 자리가 없을까?"

오병초가 조심스럽게 말했다.

"연극영화대학 교원이 어떻겠습니까?"

김현숙의 화술은 담차면서도 여유로웠다.

"모스크바에서는 어떻게 하오?"

"현역배우들이 대학들에 초빙강의를 합니다."

"우리도 그렇게 하지 않소. 그게 좋겠습니다. 재능 있는 사람을 그냥 묵힐 수는 없지. 총장 동무."

허백산이 앞으로 나서며 허리를 굽히고 대답했다.

"예."

"고등교육부에 공훈배우 김현숙 동무를 연극영화대학 교원으로 임명하라고 이야기하시오."

"예, 알겠습니다."

엄길선이 황송하게 허리를 굽히고 있었다.

"엄 동무, 김현숙 동무를 잘 도와주오. 곁에서 아무리 떠들어도 남편만 하겠소."

"예, 명심하겠습니다. 우리 부부는 수령님과 윗분동지를 하늘처럼 믿고 끝까지 받들 것입니다."

"당께서도 동무들을 그렇게 믿고 있소."

이것은 누구도 알 수 없는 유부녀의 '아름다운 한 수數'였다. 김현숙은 드디어 만세를 부르면서도 음침한 눈길을 피할 수 있게 되었다. 그러나 수없이 많은 감시 속에 걸음걸음 조심해야 했다. 집에서나 밖에서나 말 한마디, 행동에도 주의해야 한다. 변덕이 심한 김정일의 기분에 거슬리면 한순간에 가문에 피바람이 닥친다.

엄길선은 연출작업을 위해 오병초의 지도를 받기 시작했다. 연출, 대본 작성, 인물설정 등의 문제는 연출가 천상인에게서 그때그때 구두로 지도를 받기도 했다. 재능있는 그는 병(위암)으로 세상을 떠났다. 그도 기록연출가로 있다, 예술영화연출가로 옮겨와서는 오병초의 실무지도를 받았다.

배우들은 전선에서 병사들처럼 움직여야 한다고. 이 말은 러시아 연출가 스타니슬라프스키가 자기의 '배우수업"에서 강조한 것이다. (김정일은 자기의 발견이라고 한다.) 연출가는 배우들의 움직임과 함께 미술가와의 작업, 작곡가와의 사업, 소도구 처리 등 무대의 모든 수단을 군대의 사령관처럼 장악하고 지도해야 한다. (사령관이라는 이 발언도 자기의 발견이라 한다.)

엄길선은 연극영화대학에서 연출대본의 흐름을 배우기는 했어도 현지에서 연출작업은 또 하나의 대학이었다. 김현숙은 남편의 일에 방해되지 않도록 집에서 아이들이 조용히 움직이도록 했다. 아버지가 있는 날에는 발걸음도 조용히 손가락으로 입을 가리고 소리 없이 움직인다. 김현숙은 대학에서 돌아오면 모든 준비를 해놓고 기다린다. 김정일이 보내준 녹용을 쓴 다음부터 그의 몸이 좋아지는 것 같아 근심이다. 저러다 자기처럼 혈압이 오르지 않겠는지 마음이 쓰였다.

7 누구의 아들인가

1

생활이 편해서 그랬는지, 김현숙은 그래서 안 된다는 타성에 서였는지 전 남편 조일혁에 대한 생각을 되도록 하지 않으려 했다. 교도소를 다녀온 다음해 무슨 기념일이라고 대사령으로 출소하면서 열차도 보지 못한다는 자강도 심심산천으로 추방됐다는 소리를 들었다. 그렇다고 첫사랑의 모습을 어떻게 있겠냐만 자기가 너무 매정한 것 같아 스스로 괴롭고 슬펐다. 그런 사람이 뜻밖에 나타났다. 이 일을 어찌지…. 왈칵 눈물이 쏟아졌다. 촬영가 정익환이 아침 시간에 대학으로 달려온 것이다. 조일혁이 지금 자기 집에 있다고.

"증명서는요?"

평양은 붉은 특별증명서가 없으면 들어올 수 없다. 열차안전원(경찰)들이 철저히 검열한다. 걸리면 무조건 끌려간다. 추방자의 처지는 더 혹독하다. 사리원으로 증명서를 받아 평양을 지나 농촌인 황주역에서 밤중에 내려 뒤로 빠져 그곳에서 4일간 낮과 밤을 이어 200리 길을 돌고 돌아 산길 논길을 따라 걸어서 평양으로 숨어들어왔다고 한다. 걸리면 또 잡혀갈 것이다. 그렇다면 몸도 숨기고 행처도 숨겨야 했다. 교무과에 일이 생겼다고 이야기하고 함께 버스에 올랐다. 평양시내 아파트에 들어서니 자기만 윗방으로 등을 밀어보내고 문을 닫는다. 피폐한 사람이 자리를 펴고 누웠다. 조일혁은 김현숙을 보는 순간 어떨지 몰라 벙벙히 보기만 했다.

손으로 입을 가리면서도 목놓아 불렀다.

"영수아버지!"

"현숙이!"

얼마 만에 만나는 잊을 수 없는 사람인가. 13년 세월에 나이는 50도 아닌데 교도소의 무지러진 생활, 깊은 산골에서 허적이는 8년으로 허리가 굽은 허술한 늙은이로 변해 있었다. 무슨 말을 더 할 수 있을까. 치아도 빠져 턱이 삐쭉 말랐다. 거죽으로 비틀어진 얼굴을 두 손으로 더듬어주며 눈물로 물었다.

"가정은 꾸렸어요?"

서글프게 웃으며 힘없이 대답한다.

"누가 나를 거들어주겠어. 그런 생각은 하지 않아."

"내가 너무 미안해요."

"당신을 이렇게 보는 것만도 고마워. 아이들이 잘 자란다는 소식은 들었어."

"왜 집으로 오지 않았어요?"

고개를 숙인다.

"그(엄길선)는 옹졸한 사람이 아니에요. 집으로 가요?"

"아니, 부탁해보려고 왔어."

"무슨 부탁이요?"

김현숙은 급히 일어서며 말했다.

"여기서 기다리세요. 그(엄길선)를 데리고 오겠어요."

"현숙이?"

문을 닫고 나간다. 밖으로 나오면서 잠시 망설이다 서평양 종합병원 방향 버스에 올랐다. 전화로 이야기하려는 것도, 예술영화촬영소로 가려고 해도 농촌 버스는 한 시간에 한번, 달리는 거리도 두 시간이다. 내과 과장이 사무실에서 구급으로 형제산구역 영화촬영소를 불렀다.

"서평양 종합병원입니다. 인민배우 엄길선 선생을 불러주세요."

잠시 후 걸걸한 목소리가 울린다.

"엄길선입니다."

"서평양 종합병원으로 급히 오실 수 있겠어요?"

무엇을 예감했는지 단마디 대답이 울린다.

"예, 떠나겠습니다."

서평양 종합병원 내과 과장은 부부가 비상을 약속한 곳이다.

실내 연출준비를 하고 있었기에 풍차를 타고 떠났다. 운전수는 속도를 높였다. 거리에 지나다니는 차가 별로 없으니 거침없이 달렸다. 병원 앞에서 김현숙이 과장과 함께 기다리고 있었다.

차에서 내리며 성급하게 물었다.

"무슨 일이오?"

김현숙은 같이 과장실로 들어갔다. 무슨 일이지? 그를 의자에 앉히며 조일혁이 찾아왔다고 이야기했다.

"그 먼 곳에서, 어디 있소? 갑시다."

대답도 기다리지 않고 서두른다. 김현숙은 그가 대범하다는 것은 알고 있지만 아무런 연고도 없이 불의에 닥친 일을 어쩌고 저쩌고 묻지도 않고 첫마디에 나서는 모습이 고마웠다. 풍차는 거리를 달렸다. 아파트로 들어서니 조일혁은 정익환과 이야기하다 소리도 없이 들어서는 엄길선을 보고는 성급히 일어서다 몸을 가누지 못하고 비틀거렸다.

엄길선이 성급히 부축이며 목메어 부른다.

"선생님!"

조일혁은 조용히 흐느끼며 말했다.

"나를 그렇게 불러주어 고맙소."

엄길선이 연극영화대학에서 강의를 받을 때 촬영가 조일혁이 초빙으로 강의를 했었다. 그때는 선생과 제자 사이였다.

"선생님, 잘 오셨습니다."

인간의 아름다운 모습은 어떤 것일까, 김현숙은 참지 못하고 울먹이며 불렀다.

"두 분이 친형제 같아요."

정익환도 손수건으로 눈을 더듬으며 조용히 나갔다.

2

조일혁이 잡힐지도 모르는 먼 길을 불원천리 찾아온 것은 자신의 신상 때문이었다. 가족도 없이 혼자 살고 있다. 산골농장에서 하는 일도 힘이 모자라 하는가, 마는가 엎어지며 사는데 이제는 곁에 누가 있었으면. 아들을 자기에게 이전시켜줄 수 없겠는가, 묻고 싶어 찾아왔다는 것이다.

엄길선은 망설임 없이 대답했다.

"선생님 아들인데 왜 안 되겠습니까. 그렇게 해드리겠습니다."

조일혁은 흔쾌한 대답을 들으면서도 궁금하게 물었다.

"그 애가 나를 따라갈까요?"

"자식이 아버지를 버리면 사람이 아니지요. 그 일은 저에게 맡기십시오."

영수는 16세로 키도 훤칠하고 계란형 얼굴이 미남형이다. 성품도 조용히 설치지 않는다.

엄길선이 심원하게 부르며 물었다.

"선생님, 그 애가 지금 산골로 가면 그대로 묻히겠지요?"

"…."

"공부를 잘합니다. 선생님의 성품을 이어받은 것 같습니다."

다시 절절히 부르며 말했다.

"선생님, 영수가 그곳에 가면 학업은 끝나겠지요. 여기서는 지금 인민배우라는 내 배경이 있기에 대학까지 공부시켜 보내드리겠습니다. 꼭 그렇게 하겠습니다."

김현숙은 다시 흐느꼈다. 엄길선이 어쩌면 저리도 대범할까. 이런 문제는 다른 누구를 통해 편지로 이야기를 주고받을 수도 있었다. 조일혁은 이렇게 허겁지겁 달려와 인민배우라는 소문이 드르르한 그에게 숨김없이 떼를 써보자는 심사였다. 그렇게 생각했던 어려운 일은 아들을 대학까지 졸업시키기로 의견을 모았다.

"선생님, 집으로 가서 며칠 푹 쉬십시오."

조일혁은 서글프게 웃으며 말했다.

"아니, 여기 있겠소."

"선생님, 애들도 보셔야지요. 멀끔하게 잘 컸습니다."

"그렇겠지요."

눈물을 글썽이며 말을 이었다.

"그 애들이 지금 사춘기인데 내가 나타나면 생각이 오락가락 복잡해져요. 나는 여기 있다, 편한 마음으로 돌아가겠소."

조일혁은 촬영가의 그 시절이나 복잡미묘한 이런 순간에도 그는 순진한 모습 그대로였다. 그러면서도 지금의 이 사연은 말할 수 없는 또 다른 슬픔이었다. 김현숙은 두 사람 사이에서 눈물을 흘리며 엄길선에게 말했다.

"그렇게 해요?"

조일혁의 말이 옳은 것 같다.

"선생님."

엄길선은 김현숙의 생각을 긍정하면서 말했다.

"돌아가는 증명서는 내가 해결해드리겠습니다."

그렇게 하지 않으면 열차안전원들이 가지고 가는 짐들을 다 털어버리는 것이다. 다음날 예술영화촬영소 지역인 형제산구역 안전부에 들러 부장(경찰서장)을 만나 숨기지 않고 사실대로 이야기하고 출발 증명서를 발급받았다. 떳떳하게 떠날 수 있게 되었다. 그 증명서면 평양에서 어디나 다닐 수 있다. 조일혁은 누구도 만나지 않고 조용히 쉬다 가겠다고 했다.

그사이 김현숙은 엄길선과 의논하고 조일혁의 빠지고 흔들리는 치아를 틀니로 든든히 해주려고 내과 과장을 통해 치과에서 치료하고 보니 살이 빠져 마른 신체는 어쩔 수 없어도 홀쭉했던 볼이 살아나고 신상이 한결 좋아졌다. 옷도 새롭게 차리고 나서니 어딘가 모르게 지난 날의 모습이기도 했다.

그가 떠나는 날 증명서가 있으니 열차표는 편하게 받을 수 있었다. 평양역을 떠나는 빈 열차는 서평양역에서 사람들이 타기에 출발까지 10분의 정차시간이 있다. 도착하면 산골 버스를 타고 굽이굽이 언덕을 오르고 내리며 10시간을 가느라 허약한 몸이기에 배낭에 옷가지들만 챙기고 돈을 얼마간 쥐여주고 다른 짐들은 우편으로 보내주기로 했다.

조일혁은 자기를 이토록 환대해주리라고 생각지 못했던 일이라 눈물을 글썽이면서도 뭐라 말을 못했다. 엄길선은 김현숙의 등을 밀어주며 다정히 배웅하도록 했다. 김현숙은 전 남편을 품에 꼭 안았다. 얼마 만에 안고 안겨보는 서로의 품인가. 열차는 석양을 등지고 멀어진다. 김현숙은 엄길선과 함께 멀리 걷고 싶었다. 월향동까지 거리는 8킬로미터 정도 둘은 인도를 따라 천천히 걸었다.

"현숙이, 당신이 고마워."

엄길선은 아내의 말 못할 애절한 마음을 이해하고 도와주고 싶었다. 김현숙은 참았던 눈물을 더듬으며 말했다.

"아니에요. 당신이 너무 고마웠어요."

날이 어두워진다. 두 사람은 나란히 팔을 가볍게 끼고 걸었다.

3

예술영화촬영소에서는 촬영가 정익환 이외의 사람들은 지난날 촬영가 조일혁이 평양에 왔었다는 것을 모른다. 그러나 낮말은 새가 듣고 밤말은 쥐가 듣는다고 비밀이란 시간문제일 뿐, 언제인가는 아니 누가 벌써 일러바쳤는지도 모른다. 그 세월이나 이 세월이나 죄는 만들고 떠들면 법이 되는 것이다.

엄길선은 며칠 동안 있었던 일을 추려 문서로 만들었다. 김현숙도 읽어보고 그렇게 하는 것이 좋겠다고 했다. 자기 때문에 일어난 일이고 그 끝은 피할 수 없이 이렇게 저렇게 이어지는 것이 두 남편 모두에게 미안했고 조심스러웠다. 살아보면 여자의 일생은 엄마의 품으로 자랑스러워도 다사다난한 세월로 눈물이 걷히는 날이 없는 것 같다. 전 남편이 떠나고 집에서 영수를 눈앞에 보면 애잔하여 울고 싶다. 어쩌면 웃는 모습까지도 젊은 시절 전 남편의 인상이고 가슴에 팔을 끼고 창밖을 멀리 볼 때면 신통히 사색하던 그의 자세였다. 그 모습을 눈에서 털어버리며 불렀다.

"얘, 그렇게 서서 무슨 생각을 하는 거니?"

"아니에요. 어머니 생각했어요."

"왜?"

"어머니, 이제는 더 늙지 마세요."

저 애가 왜 저런 말을 하지? 눈이 핑 흐린다. 갑자기 책장에서 두툼한 사진첩을 꺼내들고 그때 그 사진을 펴들고 싱글거리며 말했다.

"어머니, 이 사진은 우리 집의 보물이에요."

영화 〈벗들이여 우리와 함께 가자〉의 한 장면이다. 숙영지에서 파르티잔 공작원 엄길선과 산림부대 부대장(심영 역) 딸 김현숙이 반 군복차림에 어깨를 스치는 중 단발머리를 바람에 날리며 웃는 듯한 인상은 처녀의 아름다운 화색이다. 저 애도 이제는 사랑의 감정을 아는구나. 네 살 때 아버지 조일혁을 희미하게 기억하면서도 묻지 않는다. 그이의 사진들은 따로 보관하고 있다. 저 애는 최근에 그이가 곁에 왔었다는 것을 모른다. 그런 처사가 옳은지 아닌지는 모르겠지만 마음은 허전하고 괴롭다.

신체의 출생은 조일혁이지만 네 살 때부터 공훈배우 어머니 김현숙, 인민배우 아버지 엄길선의 아들로 사회의 관심 속에 남부럽지 않게 자랐다. 한 아들에 두 아버지…. 이 문제는 앞으로 가정의 또 다른 문제로 부상할 수도 있다. 그것은 어떻게 하나 김현숙이 자기가 조심스럽게 풀어주면서 다독이며 헤쳐야 할 것이지만 언제면 그런 이야기를 웃으면서 할 수 있을까. 아니 엎질러진 그 세월의 상처를 무엇으로 보상하겠는가. 인간의 가슴에 남겨진 지을 수 없는 상처는 무덤까지 가져갈 것이다. 그것이 자연이 인간에게 주는 마지막 징벌인지도 모른다.

김현숙은 가슴속의 애절한 사연을 더듬으며 조용히 물어본다.
"저 애는 누구의 아들인가?"

낳은 정보다 키운 정이 더 크다는 말이 있다. 그것은 생활의 차이일 것이다. 단언컨대 조일혁은 학술적으로나 정서적으로 특히 생활에서 부정한 사람이 아니다. 절대 아니다! 사상? 조국과 당의 부름이라면 언제 어디서나 달려가던 사람이다. 지금도 그렇다. 그런 사람을 누가 어떻게 어떤 기준으로 평가하는가에 삶과 죽음의 기준이 된다. 이것이 현재 우리가 사는 사회의 풍조이다. 조일혁의 운명은 너무도 비참하고 억울했다.

"어머니, 왜 그래요?"

눈물이 흐르고 있었다.

"아니다."

손으로 눈물을 닦으며 서글프게 웃는 어머니의 엷은 미소가 더 아름다웠는지도 모른다.

"어머니, 아버지가 오늘 일찍 들어오신다고 했어요."
"그래?"

성급히 나간다. 창밖을 내려다보니 작은 딸(엄길선의 딸)이 언니(조일혁의 딸)의 손을 잡고 기다리고 있었다. 엄길선이 아이들에게는 말했던 모양이다. 보통 밤 11시가 지나 들어오는데 이런 날은 아이들에게 특별한 날일 것이다.

81호 말씀

1

새로 부임한 예술영화촬영소 당비서는 두 장의 글을 읽어보고 정색해서 말했다.

"그대로 드리겠습니다."

엄길선은 수령님과 당, 김정일의 신임이 두텁기에 그도 조심스러운 것이다. 친위전사로 인정받는 사람에 대해서는 정치적으로 지도검열하는 당일군도 그의 눈치를 본다. 어떤 기회에 그의 말 한마디에 죽느냐 사느냐의 문제인 것이다. 사상일원화체제에서는 피할 수 없는 보이지 않는 준칙이다.

그 두 장의 글이 1호 문서로 보내지면 해당 지시는 "말씀"으로 지칭된다. 김정일이 당중앙위원회 선동선전부 1부부장(부장이 없는 직책)으로 임명되고 모든 출판 언론 예술사업 전반을 틀어쥐면서 김정일의 승인을 받지 않고는 누구도 정론지에 글을 발표할 수 없다는 내부지시를 내렸다.

특히 수령님께서 지적하신 작품에 대해서는 평론가들이 이러쿵저러쿵 떠들지 말아야 한다. 결국, 김정일 자기의 말에도 '토를 달지 말라'는 경고였다. 그때부터 문학예술에서 평론은 사실상 백지화가 되었다. 그가 새롭게 밝혔다는 '종자론'에 의견을 제기했던 문학예술총동맹출판사 부주필 윤세평은 어디로 사라졌다. 그는 최초 문학박사 논문을 제출한 실력 있는 평론가였다.

'종자론'에서 중심은 알맹이 '핵'이다. '핵'은 다시 분자들로 분해된다. 분자는 또 다른 성질로 분해된다. 물리학에서 양자론을 모르는가. 이것을 어떻게 설명하겠는가? 농부 같은 막연한 표현으로 문학예술을 정립하기는 어렵다고 논박했던 젊은 평론가 강성만은 사사건건 트집을 걸고 늘어지는 이색분자, 반당행위라고 사회적으로 매장해버리고 말았다.

강성만의 스승 엄호석도 제자를 잘못 지도했다는 이유로 얼굴을 들지 못했다. 그는 시인「김소월론」을 썼고, 시인이며 소설가「조명희론」을 책으로 출판한 경력이 있는 평론가였다. 출판물에 대한 당의 통제를 일체화로 본격화한 것이다. 엄길선이 당비서에게 낸 글은 1호로 보내졌다. 그에 대한 답신은 다음날 1호 말씀, 공식문서로 전달 되었다.

예술영화촬영소 일군들과 연출가, 촬영가, 주요 배우들이 참가했다. 김정일의 책임서기로 임명된 체격이 큰 이명철이 정중히 불렀다.

"엄길선 동무."

"예."

앞으로 한걸음 나섰다.

"친애하는 지도자 김정일 동지께서는 엄길선 동무의 글을 보고 다음과 같이 말씀하셨습니다."

문서를 펼쳐든 이명철은 잠시 뜸을 들이고 원문을 천천히 읽었다.

"엄길선 동무는 자기의 사생활도 당에 숨기지 않습니다. 이런 사람이 당의 충신이며 우리 시대의 혁명가입니다. 이런 동무들이 당을 받들기에 우리의 혁명은 불패입니다. 조일혁의 아들을 당에 충실하도록 잘 키워 본 아버지에게 보내주겠다고 하였습니다. 당의 인도적 의리로 보나 인간의 정서적 도리로 보나 얼마나 아름답습니까, 나는 그 사연을 듣고 눈물이 났습니다. 아들을 아버지들처럼 영화인으로 키우도록 연극영화대학에 입학시키시오. 아들이 대학을 졸업하고 자립으로 생활을 시작하면 본 아버지를 데려다 부양하도록 하시오."

김정일은 엄길선의 글을 읽어보고 잠시 생각에 잠겨 외롭고 서글펐던 자기의 어린 시절을 그려보는지 눈을 글썽이면서도 호탕하게 웃으며 말했다.

"엄길선은 사나이답습니다. 남의 자식, 내 자식 가리지 않고 남자는 그래야 합니다. 우리가 잘 도와줍시다."

김정일은 어린 시절 계모의 흘겨보는 쌀쌀한 눈길에 슬슬 피해 다녔다. 애가 크면서 경호원들과 간호사들이 대를 세워주기 위해 곁에서 보살피며 키웠다. 중학생이 되면서는 점차 계모와 정면으로 상대했다. 계모는 자기에게 대들도록 뱃심을 키워준 그들을 밀어내고 자기 심복들로 교체하려고 했다. 김일성의 친위전사로 알려진 호위국장 전문섭이 계모의 야심을 정면으로, 그런 일은 호위국이 책임진다고 잘라버렸다.

그 후부터 김정일은 주견을 가지고 계모를 내려다보기 시작했다. 경호원들과 간호사들은 계모의 쌀쌀한 거동이 눈에 거슬려 저년이 누구 때문에 저 자리에 있는데, 하는 불편한 심사이면서도 영부인이라는 명분이 크기에 뭐라고 나서지 못했었다.

파르티잔 소년병 출신 호위국장 전문섭은 태어날 때 무엇에 콱 눌렸는지 작달막 통통한 키에 훌렁 벗어진 대머리는 당돌했다. 계모가 뭐라고 하면 "수령님께서 말씀이 없으시면 안 됩니다." 계모는 호위국 일에 대해서는 어떤 문제도 이야기하지 못했다. 누가 사모님이 불러서 왔다면 여기는 그런 곳이 아니라고 호위국 청사로 끌어다 하루나 이틀을 잡아두었다.

김정일은 자신이 계모의 서러움이 많았기에 그런 아이들에 대한 즉흥적인 감정이 정치적인 이해로 이어졌다. 김정일의 특별지시로 조일혁의 아들은 계부의 선견지명으로 고등학교를 졸업하기 전에 벌써 연극영화대학 학생으로 등록이 되었다. 저녁에 남편 엄길선의 이야기를 듣고 김현숙은 눈물이 글썽해 얼굴을 들지 못했다. 무슨 이야기를 더 하겠는가. 그러고 보면 눈물은 감정이기 전에 기쁘거나 슬프거나 서로의 마음을 주고받는 뜻깊은 사연이기도 했다.

엄길선이 말했다.

"자강도 당위원회 책임비서에게 전화로 이야기해보겠소."

연형묵이 국방위원회 산하 2공업위원회위원장으로 있으면서부터 자강도는 중국과 국경지대이면서 군수기지들이 많은 곳이기에 당분간 자강도당위원회 책임비서로 내려가 있었다.

"그렇게 할 수 있겠어요?"

친애하는 지도자 동지의 말씀이기에 직통전화로 연결될 수 있고 그와는 개인적으로도 알고 있는 사이다. 만약 연형묵이 깊은 산골에 있는 조일혁에게 그런 내용의 이야기가 전달된다면 첩첩산중의 서글픈 그의 처지도 조금은 달라지지 않을까, 하는 생각도 해보았다. 그렇게 전달되고 한숨을 돌리는데, 며칠 후 연형묵의 전화가 예술영화촬영소 소장 허백산에게 걸려왔다. 엄길선이 그를 따라 급히 달려가 전화를 받았다.

"엄길선 전화 받습니다."

연형묵의 툭 던지는 굵은 목소리가 울린다.

"엄 동무, 놀라지 마오. 그 사람이 갑자기 심정지로 눈을 감았소."

아들에 대한 부푼 큰 뜻이 가슴을 놀라게 했는가. 그의 서글픈 운명은 그렇게 끝나는가. 언제인가 그 아들과 함께 찾아볼 수 있게 묘비를 세워달라고 부탁했다. 또다시 다쳐온 이 불상사를 김현숙에게 어떻게 이야기하겠는가. 그녀의 가슴에 묻어야 하는 괴로움을 곁에서 어떻게 도와야겠는지 현재로는 막연했다. 당분간은 이야기하지 않으려는 것이 지금의 선택이다.

2

엄길선은 연출작업 준비로 쉬는 날이 없어도 오늘은 아이들과 같이 오랜만에 모란봉으로 가자면서 김현숙에게는 집에서 쉬라고 하고, 책상에 조일혁에 대한 글을 두고 나왔다. 혼자 많이 울도록 조용히 있게 하고 싶었다. 본의 아니게 떠나보내야 했던 첫사랑을 어찌 잊을 수 있겠는가. 세 아이는 아버지가 웬일인가 싶었는지 배낭을 지고 좋아 둥둥거리며 나선다. 모란봉을 눈앞에 보면서도 언제 올랐던가 싶다. 가을철이라 사람들이 많았다. 자기가 이 산에 올랐던 기억이 뚜렷했던 것은 배우의 열정을 안고 함경북도 경성에서 열차로 올라와 면접에서 떨어져 평양에 왔던 김에 모란봉이나 둘러보자는 심사로 걸었던 생각이 감회가 새롭다.

사람들은 인민배우 엄길선을 산길에서 이렇게 만나는 것이 놀라웠는지 저마다 인사를 주고받으니 시간이 많이 지났다. 을밀대를 돌아 조용히 언덕 아래로 내려갔다. 누런 금잔디에 위에 앉았다.

아들이 배낭을 헤치며 말했다.

"아버지, 어머니도 같이 왔으면 좋았겠는데요."

그렇게 왔으면 얼마나 좋았으랴. 부부가 나란히 아이들과 같이 나섰던 날이 별로 없었던 같다. 어제 저녁 늦게 들어와 잠든 아이들을 보며 내일은 아이들과 같이 모란봉에 오르겠다니 자기도 덩달아 가겠다는 것을 당신은 집에서 할 일이 있다고 했다. 무슨 일인데요? 기다려보라고, 누가 손님으로 오는가, 기다리기로 했다.

금잔디 위에서 점심은 간단한 주먹밥에 간식 몇 가지다. 저 아래 월향동 아파트가 멀리 보인다.

"영수야."

"예?"

"어느 대학을 지망하겠니?"

"어머니에게 말씀드렸어요."

김현숙에게서 연극영화대학을 지망하겠다는 말을 들었다. 그것은 김정일의 말씀이니 그렇게 되겠지만 제 아버지가 없는 둘째아버지로 직접 말해보고 싶었다. 언제면 제 아버지의 이야기를 해줄 수 있을까. 지금 김현숙은 집에서 많이, 아니 통곡하고 있을지도 모른다. 그 사람에 대한 생각이 슬펐던 마음이 얼마나 괴롭겠는가. 그래서인지 아이들과 함께 있어도 기분이 별로 좋지 않았다.

영순이 무엇을 느꼈는지 심란하게 부르며 묻는다.

"아버지, 무슨 일이 있어요?"

엄길선은 스스로 놀라 자기도 모르게 서글피 웃으며 되물었다.

"아니, 왜?"

영수가 묻는 듯 말했다.

"아침부터 아버지 기분이 이상했어요?"

"내가 그랬는가. 이제 곧 영화촬영이 시작되겠는데 근심이 많아 그렇겠지."

아이들이 이제는 다 컸다는 생각이 들었다. 영순은 조일혁의 딸이다. 새살림을 시작하면서 집을 멀리 옮겼기에 두 살 때 일이라 제 아버지에 대해서 모른다. 지금 아버지가 제 아버지인가 하며 자랐다. 아이들의 사춘기 시절을 잘 이끌어주지 않으면 인생은 나락으로 버려진다. 그러고 보면 아이들과 동행하도록 오늘의 기회를 준 조일혁의 서글픈 모습이 숙연히 고마웠다.

영순은 제 엄마를 닮아 얼굴이 예쁘다. 제 아버지의 성품을 타서인지 차분히 내성적이다. 제 엄마처럼 배우가 되겠는가? 셋째 영선(엄길선 딸)은 자기를 닮아 우둥퉁했다. 남자애라면 괜찮겠는데. 집으로 돌아오니 아내는 얼굴을 씻고 화장도 한 것 같은데 눈이 부었다. 눈가에는 아직도 물기가 있다. 가슴에 묻혀 흐르는 사연을 어쩌랴.

아들이 성급히 부르며 묻는다.

"어머니, 무슨 일이 있었어요?"

큰딸이 울먹이며 부른다.

"어머니?"

잠시.

"아니다. 지나간 일들이 그렇구나."

눈물이 주르르 흐른다. 아들이 따지듯 부른다.

"아버지?"

"어머니는 어린 시절 고생이 많았거든. 그때는 전쟁이었어. 너희들이 크면 알게 된다."

아이들에게 오늘은 별로 기쁜 날이 아닌 것 같았다. 각기 씻고 방으로 들어갔다. 김현숙은 엄길선의 품에 안기며 참지 못하고 흐느낀다.

"미안해요."

전 남편 조일혁에 대한 생각도 그렇지만 그런 자기의 마음을 되도록 살펴주려는 인내심이 고맙고 한편으로는 미안하기도 했다.

"현숙이, 오늘의 이런 일들은 그때 내가 당신에게 했던 약속이지 않아. 조 선생의 운명이 나나 당신에게 남의 일이 될 수 없지. 아이들이 우리 품에서 자라는데 어떻게 남의 일이 되겠어."

"그래도요. 앞으로 당신을 잘 모실게요."

"당신은 나에게 너무도 잘했어. 나는 당신을 만난 것을 절대 후회하지 않아. 고마워."

"아니에요. 내가 고마워요."

밤은 깊어가도 부부의 사연은 끝없이 이어진다. 이런 사랑의 눈물이 있기에 어려운 시련이 닥쳐도 인간은 삶의 의지로 이겨내는 것이 아닐까.

3

　김현숙은 아들이 생각에 잠기는 모습, 말없이 걷는 동작, 신체적 외모는 틀림없이 조일혁이었다. 그런 모습, 그런 생각들이 가슴을 파고들어서인지 촬영이 아닌 연출을 떠올리면서 진학 방향을 은근히 틀었다. 엄길선도 아내의 의견을 듣고 그렇게 하도록 했다. 학업성적이 좋든 어쩌든 1호 말씀은 집행되는 것이 정상이다. 그렇게 되지 않으면 김정일의 벼락이 떨어지니까.

　우인희가 찾아와 아들의 대학 입학 전망을 먼저 축하해주었다. 운명은 이리저리 엇갈리면서도 생활은 저대로 방향을 찾아 이어지는 것이다. 그렇게 또 그렇게, 영수는 다음해 연극영화대학 연출학부에 입학했다.

9 여인의 심정

1

　1960년대 들어서면서 인민군창작단에서 군사문제를 주제로 영화촬영소를 내와야 한다는 의견이 제기됐다. 이미 제기되던 것인데 군부가 새로 교체되면서 본격화되었다. 무력부장 김창봉, 총정치국장 허봉학, 총참모장 최광, 사회안전부장 석산. 이들은 1930년대 북만에서 활동하던 파르티잔 출신들이다. 군부로는 50대 젊은 축들이라 인민군영화촬영소를 따로 내오는 것이 필요하다고 했다. 김일성은 자기도 생각했던 일이라 승인했다.
　인민군영화촬영소를 어디에 누구를 중심으로 조직할 것인가? 장소는 평양시를 벗어나 조용한 농촌과 가까운 삼석구역의 임시 건물을 쓰기로 했다. 행정실무일군들은 총정치국에서 선정하겠지만 영화촬영조직은 예술영화촬영소에서 떨어져 나오게 된다.

김일성이 도와주라고 했으니 어길 수 없는 것이다.

6·25전쟁의 종군작가였던 시나리오 작가 주동인(그는 예술영화촬영소 총장도 잠시 했었다)을 중심으로 연출가는 황철과 강홍식의 추천으로 프라하영화대학을 졸업한 유호선, 배우로는 공훈배우 차계룡 등 몇몇이 선정됐다. 여배우들 중에서 누구를 보낼 것인가? 이때 예술영화촬영소에 대학생 김정일이 나타났다. 앞으로 영화사업을 지도하게 될 것이라며 배우를 선정하는데 특별히 김현숙, 우인희, 성혜림, 송영애는 보내지 말라고 했다. 왜 그러지? 우인희는 남편 유호선이 2·8영화촬영소로 가는데 바늘이 가면 실도 가야지….

김정일이 말했다.

"근무지가 다를 뿐이지 저녁에 만나면 됩니다. 이미 준비된 영화촬영이 있습니다. 보내면 안 됩니다."

어떤 영화를 염두에 두고 있는지? 그때는 수령님의 제일주의 위상을 절대화하는 시기라 왕자가 하는 말이니 어쩔 수 없다. 우인희는 그렇게 남편과 함께 2·8영화촬영소로 가지 못하고 예술영화촬영소에 남게 되었다. 일부 사람들은 우인희가 최초로 출연했던 영화〈춘향전〉의 몽룡과 춘향의 신세가 됐다고 웃기도 했다.

송영애는 연극영화대학 촬영학부를 졸업하고 부촬영가로 있던 남편이 2·8영화촬영소로 가니 기어이 따라갔다. 그들은 방금 결혼한 사이였다. 김정일이 대학을 졸업하고 예술영화촬영소에 나타나면서 전반사업에 간섭했다. 사실 그가 모든 것을 주물렀다.

"이번에 중요한 영화촬영이 있을 것입니다."

며칠 후 이종순 시나리오 〈한 지대장의 이야기〉가 나왔다. 작품은 김일성을 만나고 썼다. 신인 연출가 김덕칠이 맡고 총괄지도는 오병초가 했다. 그 영화의 여주역으로 우인희가 선정된 것이다. 남주역은 추석봉이 선정됐다. 주역들로 누가 선정되느냐도 관심이겠지만 김정일이 여주역을 우인희로 먼저 지명했었다는 것이 사람들의 관심이었다.

영화에서 잊을 수 없는 연인 혁명가를 찾아가는 그녀의 연기는 소박하면서도 내심이 깊은 여인의 모습을 잔잔하게 보여주었다. 연인이며 혁명가의 지령을 받고 공작원으로 활동하던 중 관동군에게 체포되기 직전 혁명의 절개를 지키며 입에 암약을 넣는 장면은 영화의 절정이었다. 영화를 보던 관람객들은 "야…"하는 탄식이 울음처럼 울렸다.

남자친구인 지대장은 연인이며 전우의 시신 앞에서 눈물을 흘리며 가슴으로 부르는 독백의 추도사는 또 다른 명장면이었다. 추석봉은 그 장면을 사진으로 현상하고 여백에 독백으로 읊었던 글을 적어넣었다. 관동군 참모장 역을 연기했던 신동철(배우단 단장)은 약을 먹고 쓰러지는 장면에서 자기도 눈물이 나더라며 우인희 같은 연기는 자기의 오랜 배우 생활에서 처음이라고 했다. 김일성은 영화를 보면서 손수건으로 눈을 더듬었다고 한다. 영화는 대성공이었다. 그래도 우인희는 2·8영화촬영소 남편 유호선 곁으로 가지 못했다.

그해 여름 당중앙위원회 대외사업부에서 김정일의 서기로 나와 성혜림과 같이 다니던 정경희가 당중앙위원회 과장으로 승진됐다는 것인지 우인희를 조용히 만나 수령님의 높은 치하를 축하한다면서 윗분께서도 만족해하시는데 오늘 오후 시간에 연풍호를 다녀오자고 했다. 그날은 토요일이다. 그곳은 김정일의 휴양각이 있다. 다음날 일요일까지, 왜 그곳으로 가자고 하는지 예술인들은 대체로 알고 있다.

우인희는 놀라지 않고 조용히 말했다.

"내가 요즘 위생이 있습니다. 좀 심하거든요."

혹시 누구를 받아들일 수 없다는 연막이 아닐까, 하면서도 정경희는 위생이 심하다는데 같은 여자의 심정으로 무슨 말을 더 하겠는가. 그 후 수일이 지나 영화촬영소에 김정일의 측근으로 이따금 나오던 당중앙위원회 과장 신인하가 우인희를 만났다. 그날은 금요일이다. 그러니 어디로 가자는 요구는 아닐 듯하다. 그가 직접 운전해온 승용차를 타고 같이 떠났다. 촬영소를 떠난 승용차는 시내로 향하는 도로를 달리다 신미리 방향 입구에서 잠시 쉬었다 가자며 내렸다.

무슨 일이지?

옆으로 펼쳐진 푸르던 벼 이삭들이 누렇게 익어 금나락으로 설레고 있었다. 직선 저 앞으로 형제산을 등지고 있는 언덕에 애국열사릉이 있다. 이 근방은 정숙한 곳이라 비교적 조용했다. 길 녘 쉼터 의자에 사이를 두고 앉았다.

무슨 말을 하려는가?

"우 선생."

뜻밖이다. 왜 이러지?

"네?"

"전번에 정경희 과장을 만났다지요."

또 그 요구를 하려는구나.

"네."

"내일은 괜찮겠습니까?"

이러다가는 무슨 일이 얽힐 수도 있다. 사나이들의 그런 요구로 여인들의 운명이 비참하게 된다는 것은 세상이 안다. 권력자들의 강제는 참혹하게 끝나기도 한다.

내가 이런 선상에 있구나.

우인희는 과장의 눈길을 피하지 않고 말했다.

"그 말씀의 뜻을 알겠어요."

잠시 사이를 두고 말을 이었다.

"나도 그런 요구를 들어주고 싶어요. 나는….”

그런 요구를 다시는 하지 말라는 의미로 짧게 말했다.

"삭주에 두 번 다녀왔어요."

평안북도 삭주! 김일성의 휴양각이 있는 곳이다. 그곳에 두 번 다녀왔다면 얼마나 몇 번 그랬는지는 듣는 사람의 차이일 것이다. 김일성이 엄길선, 우인희 등 주요 배우들을 삭주로 불러 농촌 사람들에게 그들을 내세워주었다는 것은 널리 알려진 일이다. 그러나 또 갔었다는 것은 금시초문이다. 그러니 아비를 배에 태웠는데 그 자식까지 또 태우라는 것인가. 내심의 항변일 수도 있다.

신인하는 우인희를 곁에서 몇 번 보기는 했어도 이렇게 직접 상대하기는 처음이다. 같은 과장급으로 있던 이명제가 김정일의 책임서기로 등극하면서 생색을 내고 싶었는지 부탁하기에 설마 하면서 찾아왔다. 상대하고 보니 곱다, 아름답다, 괜찮다와 같은 일반적 수식어로는 표현하기 어려운 잔잔한 호수의 깊은 심연의 사랑스러운 여인이었다.

"우 선생, 오늘 미안하게 됐습니다."

"아닙니다. 그런 마음이 더 괴롭겠지요."

"갑시다."

"먼저 떠나세요. 천천히 걷겠습니다."

"거리가 먼데요?"

석양의 저녁해가 형제산 두 봉우리 사이로 붉게 물들고 있었다.

"이런 날은 걷는 것도 좋겠지요. 먼저 떠나십시오."

신인하는 차창을 내리고 손을 들어보이고 떠났다. 농촌 길이라도 김정일의 지시로 포장된 도로라 걷기 편했다.

2

전병설 극본 〈햇빛〉을 각색한 백인준 시나리오, 박학 연출 〈마을사람들 속에서〉 촬영을 위한 창작가들은 주역으로 우인희를 선정했다. 무슨 이유인지 김정일이 다른 누구를 찾아보라고 했다. 영화는 김정일의 어머니 김정숙 생일 50돌기념으로 만드는 작품이다. 김정숙과 비슷한 인물을 찾으려니 그럴 만한 배우가 없었다. 그러다 호위국 여성 소대장을 선발했다. 비슷한 것 같았다.

필름을 몇 장 만들었다. 김정일이 반복해보면서 그만하면 괜찮다고 승인했다. 부대에서는 학습강사로 제격이다. 그를 데려다 대본을 주고 실기연습을 시켰다. 본인도 열심히 했다. 시나리오의 전반 내용은 물론 대사를 며칠 사이에 통달했다. 그런데 동작이 영 먹히지 않았다. 박학이 붙고 최익규가 덩달아 붙어도 연기가 살아나지 않았다. 오병초가 그녀의 실기를 보고 저런 동작은 태생적인 습관으로 굳어져 영화 연기로는 적합하지 않다고 했다.

김정일은 촬영된 몇 장면을 보고 손을 거세게 흔들었다.
"저 여자 눈빛이 왜 저렇소?"

호위국 여인의 눈길이 매서웠다. 옆으로 볼 때면 흘겨보는 듯 섬뜩했다. 계모 김성애의 쌀쌀한 눈빛 같았다. 그렇게 6개월이 허망하게 지났다. 그 사이 2·8영화촬영소에서 같은 주제로 만든 영화 송영애의 주역으로 〈여공작원〉을 만들었다. 김일성이 보고 좋다고 했다. 예술영화촬영소가 한 수 뒤진 것이다. 김정일도 안 되겠는지 하는 수없이 우인희를 승인했다.

촬영은 준비했던 것이라 속도전이다. 낮과 밤을 이어 들볶는 나날에 연출가 박학이 현장에서 덜컥 쓰러졌다. 그는 나이가 들면서 피곤하면 지치는 기색이 많았는데 결핵이 다시 재발했다. 연출은 최익규가 맡아 완성했다. 그렇게 곡절 끝에 불같은 속도로 완성한 것이 영화 〈마을사람들 속에서〉였다. 김정일도 자기 어머니의 역을 한 우인희의 연기를 보고는 눈을 글썽이며 말없이 고개를 끄덕였다. 김일성은 영화를 보고 대단히 만족했다.

2·8영화촬영소에서 만든 〈여공작원〉을 보고 "영화가 좋습니다"라며 칭찬했으나 예술영화촬영소에서 만든 〈마을사람들 속에서〉를 보고는 "예술영화촬영소가 예술영화촬영소입니다. 아주 잘 만들었습니다"라고 말했다.

우인희의 연기를 보고 예술영화촬영소 총장에게 물었다.

"저 동무에게 무슨 칭호가 있던가?"

허백산이 일어서며 정중히 대답했다.

"예, 일찍이 수령님께서 공훈배우 칭호를 주셨습니다."

"그러면 하나 더 주지."

인민배우 칭호를 주라는 것이다.

"예."

그러나 김정일은 차일피일 미루며 인민배우 칭호를 주지 않았다. 우인희는 물론 창작가들이 그의 음탕한 속심을 왜 모르겠는가.

허백산이 뜻밖의 말을 했다.

"수령님, 우인희 남편이 자기 곁으로 보내달라고 합니다."

이 불의의 순간이 후일 허백산에게 어떤 벼락이 떨어지겠는지 미처 생각지 못했던 것일까.

"남편이 누구던가?"

"2·8영화촬영소 연출가 유호선입니다."

"그래, 부부간에 떨어져 있는 것도 불편하지. 필요하면 데려다 쓰면 되는데 왜 그렇게 하오. 보내주시오."

김일성의 지시니 누구도 어쩔 수 없다. 우인희는 그렇게 남편이 있는 2·8영화촬영소로 갈 수 있었다. 예술영화촬영소에서는 무슨 벼락이 떨어질지 모르는 일이라 서로 조심스럽게 만나며 헤어졌다. 엄길선은 그의 마음을 아는지라 말없이 손을 굳게 잡아주었다. 저녁에 집에 들어서니 연극영화대학에서 퇴근한 김현숙이 찾아와 기다리고 있었다. 이런 일들이 일상의 평범한 생활이겠지만 두 여인에게는 가슴이 저미는 간절한 사연인지도 모른다. 대학에서 엄길선의 전화를 받았다는 것이다. 어쩌면 꿈 같은 현실이기도 했다.

우인희는 다음날 2·8영화촬영소 소장 차계룡에게 인사하며 박학의 병문안을 다녀오겠다고 하루 시간을 부탁했다. 그는 김일성의 군사명령으로 얼마 전에 2·8영화촬영소 소장으로 임명되었다. 시원시원하기에 그 자리에서 자기 승용차를 내주며 갔다 오라고 했다. 박학의 집으로 들어서니 그가 침상에 누워 있었다. 우인희는 황철이 아끼며 맡겼던 것이라 그가 없는 지금 마음이 더 깊어졌다. 영화 〈춘향전〉을 찍을 때만 해도 아릿한 처녀였는데 이제는 한 가정의 부인으로 의연한 모습은 변함없이 아름다였다. 태어난 천성의 모습이 어디 가겠는가. 박학은 김정일이 오래 전부터 우인희를 탐내고 있다는 것을 알고 있었다.

그것은 공개된 비밀일 뿐이다.

"수령님께서 흑해휴양을 다녀오라고 했다지?"

"윗분께서 할 일들이 있다고 아직 승인하지 않았어요."

박학은 막연하게 말했다.

"언제는 보내주겠지?"

그리고 조용히 부른다.

"인희."

"네?"

"만약 해외로 나가면…."

생각이 많은 것 같다.

"말씀하세요?"

"기회가 되면 프랑스나 스페인, 영국으로 가 뒤를 돌아보지 마. 나는 김정일이 은희를 탐내는 것이 근심스러워."

아랍인 같은 흰 살결에 신체가 훤칠했다. 히잡을 쓰면 아랍인 여인으로 보일 것이다. 그리고 보면 유럽인 같은 인격이기도 했다. 그쪽으로 가면 영화인으로 충분히 존경받으리라는 것이 박학의 생각이다. 김정일과 어울리는 것이 근심이 아니라 변덕이 심한 쾌락을 어떻게 받겠는가. 그런 요구가 뜻대로 안 되면 심사가 틀어져 안락사로 조용히 처리해버린다.

우인희는 박학의 내심이 너무 충격이어서 뭐라고 대답을 못했다. 김정일이 대학을 졸업하고 예술영화촬영소에 나타나면서 '윗분'으로 받들어야 한다고 공식 제기한 사람이 박학이다. 최근에는 '지도자'로 받들어야 한다고 승격 칭송을 제기한 충신의 충신이다. 남쪽에서 들어온 사람들을 끌어가고 추방하면서도 박학에 대한 김정일의 신임은 절대적이다.

"나는 김정일이 우인희를 어쩌지 않을까 생각이 많아. 강홍식 선생을 수용소로 끌어갔잖아. 죽었어."

강홍식은 박학이 서울에서부터 알고 있는 사이였고 해방 후 첫 영화 〈내 고향〉 촬영도 그의 연출로 만들었다.

"죽었어요?"

"끌려간 다음해 죽었어. 우리나라 영화산업을 누가 일으켰어. 영화의 업적을 자기 것으로 만들려고 그랬어. 박근은 총탄으로 까죽였어."

박근은 시인으로 서사시 「바다의 이야기」도 썼고 가사 창작에도 일가견이 있었다. 노동당 찬가 〈백전백승 조선노동당〉도 그가 썼다. 반미작품 시나리오 「이것은 전설이 아니다」도 그가 쓴 작품이다. 함흥극단에서 가극(오페라)으로 창작된 것을 김일성의 지시로 영화로 만들면서 사회안전부 창작과장으로 올라온 실력자였다.

1960년대 중후반부터 김정일의 가사를 쓰라는 것이 시인들에게 지상명령처럼 요구했다. 박근은 그런 요구를 모르는 체했다. 유라(김정일)가 러시아 하바롭스크 아무르훈련기지에서 태어났다는 것은 세상이 알고 있는데 갑자기 백두산에서 태어났다고 떠들면 후대들이 뭐라고 하겠는가. 그렇게 할 수 없다는 것이 그의 생각이었다. 계속 독촉하니 러시아를 통해 프랑스로 가려고 했다.

그는 나진역에서 미행자들에게 체포되어 평양으로 끌려와 지하 감방으로 가기 전 사회안전부 조사실에서 총탄에 맞아 죽었다. 이런 악랄한 타심을 생각하면 우인희에 대한 박학의 마음도 제자에 대한 심경이 단순히 생사를 던지는 생각은 아니었다.

"혼자 깊이 생각해봐."

누구에게도 말하지 말라는 뜻이다.

"네."

김정일은 배우들의 해외휴양을 끝내 보내주지 않았다. 아마도 자기의 요구를 은근히 거절하는 우인희의 밉상 때문인지도 모른다. 〈꽃파는 처녀〉 주역 홍영희, 〈이름없는 영웅들〉 주역 김정화, 〈도라지 꽃〉 주역 오미란을 연풍호로 데리고 다니면서 인민배우의 칭호를 주고 당의 전사들이라고 떠들고 있다. 남의 아내인 성혜림은 그의 의도적인 생각도 있었지만 데려다 제 것으로 비벼버렸고 그러지 못한 우인희를 앞으로 어떻게 할지는 그만이 알 수 있는 일이다.

3

2·8영화촬영소에 우인희가 나타난 것을 공훈배우 송영애가 제

일 좋아했다. 그녀도 김정일의 눈 밖에 나 있어 불안한 심정이다. 그와 같이 활동했던 공훈배우 최부실은 예술영화촬영소에서 축출해버렸다. 아버지는 일본 유학 화학자였고 어머니는 일본 여인이었다. 김일성이 전후에 화학공업을 발전시켜야 한다고 박사의 집을 방문했다, 중학생 딸을 보고 영화배우를 하면 좋겠다고 해서 배우가 되었다. 백인준 시나리오, 오병초 연출 영화 〈성장의 길에서〉 전후 편 여주역으로 연기를 잘했다고 김일성의 평가를 받았었다.

2·8영화촬영소에서는 영화 〈목란꽃〉이 우인희를 기다리고 있었다. 영화는 시나리오에서부터 논의가 있었다. 목란꽃이라는 어원은 남한에서 부르는 목련꽃이다. 국립연극극장에서 김일성이 아버지 김형직에 대한 연극 〈푸른 소나무〉를 보면서 자기가 어릴 때 아버지를 따라 황해도 정방산에서 아직 날씨가 쌀쌀한 3월에 잎이 하나도 없는 나무에 신기하게 큼직한 꽃송이들이 아름답게 피었더라고, 그 지방 어디에 있을 것이라고 했다. 며칠 후 그런 꽃나무를 정성스럽게 만든 함에 포장하여 가져왔다.

"옳소. 이 나무요. 꽃이 볼 만하오."

5호댁 김일성 관저 원예사가 조심스럽게 말했다.

"수령님, 이 나무는 남쪽에서 '목련'으로 부르는 꽃나무입니다."

김일성은 잠시, 기분이 잡치는지 턱을 들고 말했다.

"그게 무슨 상관이요. 그놈들이 어떻게 부르든 이제부터 나무에서 꽃이 핀다는 의미로 '목란'으로 부르시오."

"예, 알겠습니다."

북한의 '목란'은 김일성의 강요로 그렇게 부르게 된 것이다. 그런 내용을 알고 있는 창작가들은 영화의 제목을 막무가내로 붙이는 것이 미심해 말씀을 드렸다. 김정일은 성질을 내면서 "우리가 부르면 되는 거지 왜 그런 말을 하는 거요? 제목이 좋습니다. 그대로 하시오. 주인공은 누구요?"라며 말했다.

"우인희인 것 같습니다."

"사람이 그렇게 없는가?"

다른 질타는 없기에 적후에서 활동하는 여공작원에 대한 영화는 그렇게 촬영을 시작했다. 공작원을 경호하는 역은 조경순이 했다. 그는 영화에서 주역을 한번도 하지 못했어도 단역으로는 처음으로 공훈배우 칭호를 받은 실력자였다. 화술이 좋고 장면들에서 연기는 기백이 넘쳤다. 영화촬영은 어렵지 않게 끝났다. 편집은 남편 유호선이 직접 정리했다.

영화를 본 김정일은 쓸쓸히 웃으며 고개를 끄덕이고는 "그만하면 괜찮습니다. 수령님께 보여드리시오" 했다.

영화를 본 김일성은 만족했다.

"잘 만들었습니다. 저 동무는 어디에 내놓아도 손색이 없소. 소장 동무."

차계룡이 성큼 일어서며 대답했다.

"옛."

"이제는 2·8영화촬영소에서 영화를 만들 줄 알아."

"예, 앞으로 더 잘 만들어 수령님께 기쁨을 드리겠습니다."

영화촬영은 성공이었다. 2·8영화촬영소가 이런 높은 치하를 받은 일은 처음이다. 우인희로 2·8영화촬영소가 더 활기를 띠는 것 같았다. 그런가 하면 김현숙의 말에 의하면 엄길선은 오미란, 김정화, 홍영희 같은 쌩쌩한 배우들이 있어도 우인희가 떠나고는 예술영화촬영소가 허전하다고 했다. 차계룡은 저녁 퇴근에 운전수에게 우인희와 유호선을 승용차로 평양시내 10층 아파트로 태워다주도록 했다. 삼석구역 2·8영화촬영소에서 모란봉구역 평화동까지는 25킬로미터 정도의 먼 거리였다.

며칠 후 박학의 병세가 궁금해 저녁 시간에 조용히 찾았다. 들어서니 지난 번에 왔을 때보다 활기가 있는 것 같았다. 조금 전에 엄길선, 김현숙이 왔었다고, 어제는 김정일의 선물로 녹용을 가지고 책임서기 이명철이 왔었다고 이야기했다. 결핵이라도 각혈하는 정도는 아니기에 집에서 안정하면서 치료하고 있다.

어제 저녁 시간에 방영되는 영화 〈목란꽃〉을 봤다며 말했다.

"조경순의 연기가 괜찮지?"

우인희는 그와의 연기는 처음이었는데 좋았다.

"네, 앞으로 연출수업을 하겠답니다."

"전번에 병문안을 왔기에 연출작업이 어떻겠는가 이야기했어."

"지금 연기생활보다 그쪽이 더 어울릴 것 같아요."

"화술도 좋고 연기가 틀이 있잖아."

"네, 이번에 처음으로 같이 출연했는데 편했어요."

조경순은 같이 연기하면서 지금 신청하겠다며 말했다.

"나는 연출작업을 시작하면 우인희 선생을 먼저 선택하겠습니다."

"그렇게 부르지 마세요. 친구처럼 부르세요."

"나보다 배우 연한이 얼마나 많습니까. 앞으로 많이 배우겠습니다."

그의 자세가 진지하기에 뭐라고 대답을 못했다.

4

소망처럼 기다려온 예술영화촬영소를 떠나 2·8영화촬영소로 자리를 옮겼다는 것이 같은 배우의 생활로 그 식이 장식이라 하겠지만 우인희에게는 보이지 않는 음탕한 그물을 헤치고 나온 것 같은 기분이었다. 그러나 집에서는 또 다른 심사가 기다리고 있었다. 유호선이 이혼을 요구했다. 이유는 그녀에게 남자들이 많다는 것이다. 누구라고 짚기는 어려워도 시선이 그렇다는, 막연한 트집이었다. 우인희는 그런 요구를 거절하거나 뒤로 미루고 싶지 않아도 불안한 마음은 또 다른 근심이었다.

우인희는 편하게 대답했다.

"그렇게 하세요. 이혼 서류를 가져오면 동의한다는 인감을 눌러드리겠어요."

"같이 가야지."

"서류가 정리되면 같이 가겠어요. 불편하게 생각하지 마세요."

"아이들은 어떻게 하겠어?"

"애들이 당신 곁에 있겠다면 그렇게 하고 나에게 있겠다면 나에게 있어야지요. 그 문제도 편리하게 생각하세요."

큰딸은 15세로 엄마를 닮았다. 귀엽고 곱다는 시절이 지나 이제는 아름다운 처녀의 모습이다. 둘째는 13세로 아버지의 모습이면서도 웃는 입 모양, 눈길은 엄마의 빛이다. 다음날 저녁 유호선은 우인희 앞으로 서류를 밀어놓는다. 그도 마음이 편치 않는 모양이다.

뚝하게 바라보며 물었다.

"당신은 마음이 편해?"

"그게 무슨 소리예요?"

"왜 이혼을 요구하는지 묻지도 않아?"

"나에게 남자들의 시선이 많다고 했잖아요. 그런 불안한 마음이 이유겠지요. 나는 그런 생각을 하지 않아요. 내가 말한다고 당신의 마음이 돌아서겠어요?"

"돌아설 수 있지?"

"아니에요. 그런 마음으로는 우리가 행복할 수 없어요."

우인희는 손가방에서 인감을 꺼내 꾹 눌렀다. 불을 끄고 자리에 누웠다. 일생을 같이하자고 만나 부부 사이에 이런 날, 이런 밤도 있다는 게 서글펐다. 그래서일까 창밖에서 봄비가 소리 없이 내리고 있었다. 아이들은 잠들었는지 기척이 없다. 시어머니의 뒤척이는 소리만 들린다. 부부가 영화촬영으로 바쁘게 시간이 없으니 집안 살림은 노인이 다 하신다. 날이 훤히 밝으면서 벌써 부엌에서 노인의 소리가 들렸다.

서둘러 나가니 먼저 부르신다.

"아직 시간이 있다. 더 누워 있어라."

"괜찮아요. 같이 해요."

"어제 다 준비했다. 끓이가만 하면 된다. 들어가 더 누워라."

눈물이 보일 것 같아 방으로 들어왔다. 그도 생각이 많았는지 일어나 창밖을 멀리 보고 있었다. 모란봉의 메말랐던 나무들이 푸르게 물들고 있었다. 개나리들은 벌써 꽃을 활짝 펴들었다. 영화인들은 최근 김정일이 선물이라고 보내준 인도제 신형 버스(따따)가 네거리 갓길에서 9시에 기다린다. 도중에 또 태우고 10시에 촬영소에 도착한다. 아직 시간이 있다. 우인희는 아이들을 학교에 보내고 시어머니와 마주 앉았다. 노인은 한쪽 다리가 불편해 오래 서 있으면 힘드시다.

"어머니."

다리를 절룩이는 노인에게 말하자니 눈앞이 흐린다.

"왜, 무슨 일이 있었니?"

이혼 서류를 앞으로 밀어놓았다.

"이게 뭐니?"

"읽어보세요."

놀라며 묻는다.

"이게 무슨 일이니?"

서류를 들고 부른다.

"아비야."

방문을 열고 나온다.

"예."

"이게 무슨 짓들이냐?"

"서로 합의했어요."

"꼴좋다. 밖에서는 우인희가 드르르한데 집에서는 이런 꼬락서니로 밖에 나가면 부끄럽지 않냐?"

따지고 들었다.

"아비. 또 다른 계집이 생겼냐?"

"그런 일은 없습니다."

이혼 서류를 들고 억, 하게 부른다.

"이놈아, 이 어미는 과부로 살면서 수컷들의 시중을 다 들었다. 그것들의 속심을 내가 잘 알지."

노인은 전쟁통에 남편을 잃고 다리를 다쳐 절룩거리며 술장사로 자식들을 키우느라 악심은 아니라도 드센 편이다.

"정말 이혼하겠느냐?"

"서류를 만들었는데 해야지요."

"그래 네 생각대로 해라."

노인은 서류를 죽 찢어 아들 앞으로 던져버리고 말했다.

"너는 나가 다른 년을 끼고 살아라. 이제부터 우인희를 내 딸처럼 같이 살겠다. 나는 그렇게 못한다."

"어머니?"

"이 덜돼먹은 놈. 너는 계집을 몇이나 챙겼냐?"

"어머니."

"그런 짓들이 수컷이니 그러려니 해도 이게 무슨 꼴이냐. 네가 처음 버린, 아니다. 네가 계집들을 끼고 나다닌다고 아기를 안고 나갔지. 자그마한 여자가 귀엽고 담차면서도 착실했어. 너는 그가 가버리고 이년 저년 걸치다 우인희를 만나 나는 웬 떡인가 했다. 절세의 미인인지는 몰라도 수컷들이 침을 흘리면서 따라다니면 어쩌겠니. 꽃이 아름다우면 벌들이 날아들고 나비가 날아든다. 그렇다고 몽둥이로 후려치겠냐. 네 두 딸도 제 어미를 닮아 귀엽다. 그 애들이 처녀꼴이 잡히면 누가 따라다닌다고 아비가 막을 수 있겠니. 외국까지 나가 배우고 왔다는 주제에 세상을 보는 눈이 그렇게 어둡냐?"

아기를 안고 집을 나갔다는 여인은 그 길로 평양시 만경대구역 봉수중학교 러시아어 교원으로 학생들을 가르쳤다. 얼굴이 밝고 귀여웠다. 유호선이 프라하대학에서 모스크바로 드나들면서 만나 부부가 되었다. 그녀의 아버지는 1930년대 김일성의 초기 마적생활의 전우였다. 해방되면서 유자녀로 유학을 보냈다. 그 여인에게 아들이 있었다.

유호선에게는 두 여동생이 있다. 그들이 시집을 간 다음 오빠는 그들을 돌아보지 않았다. 살림을 차리고 나갔으면 각기 벌어 살아야겠지만 살다보면 꼬장꼬장 제 것만 챙길 수는 없다. 그는 타산이 많고 제 것에 대해서는 주머니에 들어가면 나오지 않는다. 영화촬영소에서도 '깍쟁이'로 알려져 있다. 그러니 집에서의 생활, 동생들과의 사이도 '깍쟁이'였다.

그런 집에 우인희가 들어오면서 분위기가 확 바뀌었다. 쌀독에서 인심이 난다고 시누이들이 어쩌다 오면 무엇이라도 주려고 외국에서 받은 선물도 주고 자기가 끼고 있던 손목시계도 벗어주고 그들이 부러워하는 물건이면 무엇이나 주었다. 심지어 김일성이 준 선물시계도 큰시누이 손목에 채워주고 작은시누이에게는 다른 고급 시계를 마련해주었다.

선물시계에 대한 명세는 자기 가족, 직계 친척, 친지들에게 줄 수 있다고 명시되었다. 김일성의 덕성을 널리 전하라는 뜻이다. 그에게는 언제나 평범한 시계였다. 그녀는 자기를 꾸미려고 옷도 화려하게 입지 않는다. 얼굴은 수수한 모습으로 입술을 빨갛게 그리지도 않는다.

아래층이 서평양백화점이라 어쩌다 들르면 수수한 차림에 몰라보다 깜짝 놀란다. 어머? 우인희다! 사람들이 모이면 수줍게 웃으며 인사를 남기고 돌아서며 손을 가볍게 들어보인다. 그런 소박한 모습이 사람들의 마음을 더 다정하게 부르는지도 모른다. 그런 며느리가 떠나면 집안은 다시 썰렁한 꼴이 될 것이다. 노친이 며느리를 내놓을 수 없다는 이유가 이런 천 냥의 값이다. 이혼 문제는 시어머니의 통쾌한 판결로 끝났다.

10 사상투쟁

1

을씨년스런 겨울이 가면서 봄비가 촉촉이 내린다. 새싹이 트는가 하면 허덕이는 여름의 긴 장마가 어지럽게 쏟아지면서 푸른 하늘이 열리는 가을이 오는가 싶더니 다시 추운 겨울이 닥친다. 세월은 그렇게 가고 그렇게 온다. 인간의 삶도 그렇게 가고 그렇게 오는 것 같다. 인생의 애달픈 삶이 어쩌면 자연의 계절과 그리도 같을까. 지나온 세월을 돌아보면 아련한 마음에 눈물이 고인다.

우인희는 예술영화촬영소를 떠나 2·8영화촬영소와 가정에서 마음이 안정되는가 싶은데 보이지 않는 흑심이 또 달려들고 있었다. 정치의 엄포! 혁명화의 준엄한 사상투쟁이 기다리고 있었다. 토요일 14시 예술극장(국립극장)에 한 사람도 빠짐없이 참가하라는 것이다.

피바다예술단, 모란봉예술단, 무력부예술단, 안전부예술단, 철도부예술단, 민속예술단, 연극단, 곡예단 등 평양시에 있는 예술단체는 모두 참가한다. 자리는 단위별로 정해져 있다. 누가 또 끌려가는가 아니면 추방되는가. 서로 고개를 흔들 뿐 알 수 없다. 이런 회의는 김정일의 승인이나 동의 없이는 할 수 없다. 만약 그런 일이 있었다면 그가 누구든 일가친척까지 멸살을 당한다. 그것은 일인체제의 어길 수 없는 절대 규범이다.

회의를 누가 지도하는가? 당중앙위원회 과장 김창선, 그는 김정일이 대학을 졸업하고 예술영화촬영소에 나오면서 지도원으로 경호원과 같이 보좌하던 일군이다. 지금은 직속 과장이다. 그런 일군이 참가한다니 회의는 엄격히 조심스러울 듯하다. 사복차림의 보위원들이 어디에 있으련만 오늘은 보이지 않는다.

당중앙위원회 과장과 함께 문학예술총동맹부위원장 시인 최영화, 영화인동맹위원장 시나리오 작가 이종순이 차례로 주석단에 앉는다. 분위기와는 다르게 윗선 자리가 단출했다. 김창선이나 최영화, 이종순은 조용히 떠들지 않는 유순한 인품으로 알려져 있다.

최영화가 자리에서 일어나 설명 없이 시작을 알린다.

"회의를 시작하겠습니다."

누가 보고한다는 기조연설도 없이 객석을 향해 부른다.

"곡예극장 왔습니까?"

"예."

"누구요."

"당비서입니다."

"왔소?"

"예."

내용은 이미 정해져 있는 것 같다.

"앞으로 보내시오."

객석 오른쪽 끝으로 앉아 있는 곡예(서커스)단 좌석에서 누가 일어나 앞으로 나간다. 20대 중반에 신체는 크지 않아도 마음을 굳히고 있었는지 손으로 눈을 더듬겠는데 얼굴을 들고 빤히 걷는다. 앞에서 주춤거리자 위에서 손으로 연탁을 가리키자 올라선다.

과장이 묻는다.

"결혼했소?"

"아닙니다."

"다른 가족이 있소?"

"없습니다."

"독신이요?"

"네."

"생활이 왜 그렇소?"

"나는 생활을 흐리지 않았습니다."

과장이 책장을 들고 질책하듯 말했다.

"여기에 동무의 생활이 있소. 이것은 조직문건이요."

"그 종이에 내가 홧김에 한 말을 무슨 뜻을 달아 적을 수 있어도 나는 당비서와 사이가 나쁩니다."

과장이 심중하게 묻는다.

"여기는 사상투쟁이요. 말하시오."

"사생활입니다. 나는 해당기관이 요구하면 신체검사도 받고 모든 조사를 받을 것입니다."

처녀가 자기의 신체검사를 받겠다는데 무슨 말을 더하겠는가? 당돌했던 처녀가 조용히 흐느낀다. 객석이 술렁인다. 과장은 무엇을 느꼈는지, 가볍게 부르며 말했다.

"동무, 들어가오."

두 손으로 입을 가리고 간절하게 묻는다.

"지방으로 추방입니까?"

과장도 마음이 젖는지 조용히 말했다.

"그런 일은 없을거요, 앞으로 동무의 생활에서 좋은 소식을 기다리겠소."

눈을 더듬으며 고개를 깊이 숙인다.

"고맙습니다."

처녀는 계단을 훌쩍 뛰어내린다. 지금의 모임이 물고뜯는 회의가 아니었다면 열렬한 박수를 받았을 것이다. 이쯤 되면 당비서의 음욕이 느껴진다.

자리가 조용해지자 최영화가 부른다.

"채풍기 동무?"

객석 중간에서 일어서며 대답한다.

"예."

그도 내적으로 지명을 받았는지 알 수 없지만, 동료들이 말없이 들어주는 손을 가볍게 스쳐주며 앞으로 나가 연탁에 선다.

과장이 나무라듯 묻는다.

"동무는 생활이 왜 그렇소?"

스스럼없이 대답한다.

"예, 좀 그렇습니다."

"중독이요?"

"예, 그런 것 같습니다."

채풍기. 그는 엄길선, 김용린과 같은 세대의 영화배우이면서도 맥주에 남달리 집착하는 것이 버릇이었다. 일반 생활에서는 거칠지 않고 그런 면에서는 유순한 편이다. 관람객들의 인기도 괜찮다. 민속예술극장 무용수를 따라다니며 기어이 아내로 맞아 가정생활은 괜찮다. 주머니에 푼돈이 없다. 아내가 결혼 전에 강하게 요구했다. 가정살림은 자기가 한다는 것, 그러자면 생활비는 철저히 자기가 관리한다는 것. 그녀는 채풍기가 주정이 심하다는 것을 알고 애초부터 버릇을 떼려고 그에게는 한 푼도 남겨주지 않았다. 그러니 주정에 목이 말라 저녁이면 여기저기 맥주집에 나타나 홍정이었다.

"풍기 왔습니다. 한잔 얻읍시다."

누구라도 건네면 쭉 들이키고 "고맙습니다"라고 인사치레를 했지만 그런 여론이 점차 사회에 불편하게 흘렀다.

과장이 다짐받듯 묻는다.

"고칠 수 있소?"

"점차 고치겠습니다."

"점차?"

"지금도 노력은 합니다."

"들어가오."

"추방입니까?"

"그것은 본인의 생활이요."

며칠 후 멀리 양강도 심심산천 이명수의 벌목공으로 추방됐다. 아내가 이혼하려고 하자 그녀의 아버지가 막았다.

"아가, 그러지 마라. 지금 너까지 곁에 없으면 저 사람의 삶은 끝난다. 연기에 재능도 있고 가정에서는 아내가 하자는 대로 한다. 살아보면 그런 사람도 쉽지 않다."

딸이 품에 안기며 부른다.

"아버지?"

"괴로운 네 마음을 안다. 아이들을 어쩌겠나?"

아버지는 민속예술극장의 오랜 안무가로 연출가였다. 2년이 지나 엄길선은 군복을 입으면 엄격한 조직에 괜찮아지리라 2·8영화촬영소 소장 차계룡에게 부탁하여 김정일에게 제의서를 올려 데려다 연출가로 새로운 출발을 하도록 했다.

2

최영화가 조용히 부른다.

"우인희 동무."

객석이 술렁인다. 무슨 일이 있다고 저렇게 부르는가? 잠시 침묵이 흐르고, 중간 객석에서 일어서 대답한다.

"네."

조직된 순서는 있었던 것 같다. 왜 그럴까? 2·8영화촬영소로 어쩔 수 없이 보냈다는 음욕의 강제인지도 모른다. 그녀는 이런 모임의 의도를 알고 있는 듯 서두르지도 않고 수굿이 연탁에 선다.

과장이 뜻밖의 질문을 던진다.

"지방으로 내려갔었지요?"

"네."

1961년 여름 평안남도 농촌으로 추방됐었다. 10년도 더 지난 이야기를 다시 끄집어 어쩌자는 것인가? 예술극장(연극극장) 부총장이던 김선영이 그 소식을 듣고 남포로 내려가 도당책임비서에게 이야기하고 그 길로 데려왔었다. 우인희는 즉시 연극의 주요인물로 등장했다.

김일성이 연극을 보다 놀라며 물었다.

"저게 춘향이 아니오. 어떻게 여기 있소?"

부총장이 전후사정을 이야기하자 어깨를 두드리며 말했다.

"잘했소, 저런 인물을 좁은 연극무대에 두지 말고 많은 사람이 보도록 넓은 영화촬영소로 다시 보내주시오."

김선영은 오랜 배우로 명망도 있었고 김일성의 신임이 두터웠다. 그때의 일은 그렇게 끝났다. 당시 천리마운동으로 사회의 혁명화를 떠들면서 건들거리는 영화인들을 노동계급의 된맛으로 다루어야 한다고 계급의 핵심으로 부르는 기관차 바퀴처럼 강력한 철도 출신을 고급당학교에서 공부시켜 영화촬영소 당비서로 보냈다. 무슨 냄새만 나도 자본주의 향수라고 추방시켰다. 그때의 이야기는 행정사업의 실무적 처리도 아니었고 더욱이 사람과의 사업이라는 당사업도 아닌 어설픈 권위의 행세였다. 그 사건 이후 쇠망치 같은 철도일군은 조용히 사라졌다. 앞에 불러다 세웠으면 뭐든지 반성하라고 독촉하련만 썰렁하리라던 분위기가 이상하게 느긋이 흐르고 있었다.

과장이 뜻밖에 묻는다.

"오늘 모임에 의견이 있소?"

스스럼없이 대답한다.

"나를 검증하는 자리인데 무슨 의견이 있겠습니까."

성급히 말끝을 돌린다.

"아니오. 예술인들의 생활을 좀 정리하자는 것이지 동무만 염두에 둔 회의가 아니오. 너무 지나치게 생각하지 마오."

왜 저런 말을 하지?

"고맙습니다."

잠시 사이를 두고 말을 이었다.

"나는 당의 높은 정책을 언제 어디서나 끝까지 받들 것입니다."

'정책'이라는 말은 자기는 누구의 개인적 희생의 대상이 아니라는 내심의 강한 표현인지도 모른다. 과장이 손으로 들어가라고 말없이 신호를 보낸다. 객석이 조용히 술렁인다.

최영화가 누구를 부르는 듯 말했다.

"의견이 있으면 말하시오."

그녀를 비판하라는 것 같은데, 왜 그런지 회의 분위기가 얼었던 강물이 풀리듯 훈훈하게 열리는 것 같았다. 이런 모임에는 조직된 누가 반드시 있다. 아니나 다를까 객석에서 길게 대답하며 일어선다.

"예…."

어, 저 사람이? 김룡린이다. 그는 우인희와 영화에 출연했던 것도 아니고 그렇다고 별로 다정한 사이도 아닌 것으로 알고 있다. 된소리를 하려는가? 연탁에 올라서는 눈길이 무슨 뜻인지 웃는 것 같다.

"나는 이 자리에서 자신을 반성하려고 합니다."

누구도 모르게 저들끼리 무슨 일이 있었는가? 쑥스러운 듯 싱긋거리며 천천히 말을 잇는다.

"조용한 기회에 몇 번 만나자고 이야기했는데 그때마다 '그러지 마세요' 친절하게 거절했습니다."

과장이 궁금하게 묻는다.

"만나서 어쩌자는 거요?"

"나는 무정자거든요. 그러니 자리가 나지 않습니다."

와, 객석이 소리 없는 웃음으로 번진다. 여차하면 무슨 일을 당할 수도 있는 징벌장에서 농담을 저렇게 진담처럼 말하는 것도 보통 뱃심이 아니다. 그랬다. 그는 함경북도 회령의 산골벌목공 아들이다. 그도 벌목공이었다. 키가 늘씬하고 인물이 잘나 영화배우가 되었다. 멀끔한 신상과는 달리 후대를 낳을 수 없다는 것이 신체의 부족이다. 그렇다고 부부생활을 못하는 것도 아니다. 자식을 두지 못할 뿐이다. 병원의 진단도 그랬다. 그렇다고 시들한 것도 아니다. 묵직하면서도 성글성글 멋진 남자, 좋은 사나이다.

"그게 다요?"

"예."

과장은 능글거리는 그와 말이 길어지면 웃음이 소리로 번질 것 같아 손으로 들어가라고 밀어버린다.

최영화가 객석을 향해 부른다.

"누가 이야기하겠습니까?"

"예."

어? 추석봉이 일어선다. 그는 누구와 잘 어울리지 않는다. 그래서인지 어쨌다는 뒷소리가 없다. 신체는 크지 않아도 자세는 꼿꼿하다.

"나는 영화 〈한 지대장의 이야기〉를 같이 찍고 마음이 동했습니다. 한적한 시간에 말없이 손을 잡았습니다. 웃으면서 손을 가볍게 밀어주었습니다. 그 선한 모습이 고마워 다시는 그러지 못했습니다."

　이야기가 사실인지는 알 수 없으나 객석의 분위기가 숙연하게 흐른다. 우인희는 자리에서 손으로 눈을 더듬는다. 김현숙은 두 손으로 얼굴을 가린다. 그 뒤에 앉아 있는 송영애는 가볍게 흐느끼며 고개를 숙인다. 감정이 남다른 여인들이어서인지 고개들을 숙였다.

　과장이 객석의 분위기를 느끼며 조용히 부르며 묻는다.

"추 동무, 누구를 칭찬하는 거요?"

"아닙니다. 나 자신을 반성하는 것입니다."

"들어가오."

　최영화가 다시 부른다.

"누가 또 있소?"

　객석 뒤에서 테너의 목소리가 굵게 울린다.

"예."

　조경순이다. 그는 말을 십 리마다 한마디 한다고 '십리'라 부른다. 여자들과는 담을 쌓으려는지 눈인사도 주지 않는다. 그런 사람이 무슨 일이지?

"영화 〈목란꽃〉을 같이 찍고 저녁 시간에 같이 걸으면서 손을 잡으려는데 '그냥 이렇게 걸어요' 소박한 당부에 더는 말을 못했습니다."

　분위기는 다시 숙연했다. 주고받은 이야기들이 길지 않아도 사실이든 아니든 우인희에 대한 숨김없는 마음들이었다. 꽃이 아름답다면 이보다 더 아름다울까. 인간의 향기는 그의 수련한 모습으로 영원한 것인지도 모른다.

과장이 무겁게 부른다.

"조 동무."

"예."

"오늘 이 모임은 누구를 칭찬하는 회의가 아니오."

잠시 사이를 두고 무겁게 말을 이었다.

"누구를 험하게 질타하면서 강제하려는 것이 아니면서도 지나온 생활을 서로 돌아보면서 의견을 나누자는 거요."

조경순도 무겁게 대답했다.

"예. 나도 그렇게 느끼면서 나 자신을 반성하는 것입니다."

이런, 넉살스러우면서도 진중하게 대답하니 뭐라고 하겠는가. 지금까지 이런 모임이 몇 번 있었어도 오늘처럼 은은하게 이어지지 않았다. 4~5시간으로 지루한 객석에서 긴 하품소리가 들리기도 했다. 끝나면 누가 끌려가기도 하고, 누구는 추방된다고 울고불고 야단이었다. 그렇다고 뒤에서 덧창이 기다리고 있기에 나서서 뭐라고 동정할 수도 없었다.

과장이 최영화에게 뭐라고 이야기하자 자리에서 일어나 말했다.

"오늘 회의는 이만하겠습니다."

사상투쟁이라는 엄한 분위기와는 다르게 평온하게 끝났다. 티가 있다면 채풍기가 저러다가 추방될지 모른다는 생각이 현실로

됐다는 것이 근심이었다. 하지만 연기에 자질이 있으니 언제든 돌아올 것이라는 믿음이 있기에 그리 심란한 기분들은 아니었다. 차계룡은 승용차로 우인희와 유호선을 모란봉구역 10층 아파트까지 태워다주고 떠났다. 남편은 집으로 들어서며 손을 잡고 말했다.

"그동안 내가 미안했소."

그도 동료들이 우인희를 얼마나 아끼는지 폐부로 느꼈을 것이다. 오늘 같은 모임에서 말 한마디에 죽고사는 것이다. 그런 강한 충격을 알면서도 결연하게 나선 그들의 마음이 고마웠다. 창밖으로 모란봉의 하늘에서 은하수의 별들이 아기자기 웃고 있었다. 아름다운 밤이다.

한편 김창선은 저녁 음료시간에 회의 과정을 녹음했어도 김정일이 먹먹히 앉아 있는 것을 좋아하지 않기에 구두로 이야기하면서 김룡린의 무정자 이야기를 할 때는 싱긋이 웃기도 했다. 측근들은 우인희를 어쩔 수 없이 2·8영화촬영소로 보내고 기분이 언짢아하는 것을 느끼면서 불쾌한 마음을 풀어주려고 며칠 전 그녀에 대한 영화인들의 속심을 객관적으로 들어보자고 했다. 무슨 생각이었는지 김룡린, 추석봉, 조경순의 이야기를 들어보라고 했다. 그들은 지금까지 사적인 문제가 제기되지도 않았고 입이 무겁다. 아직 친위전사들이라 부르지 않아도 아끼는 중견배우들이다. 김정일이 권력의 행세로 떠들기는 해도 어머니에 대한 추억으로 눈물이 많다. 그녀에 대한 영화인들의 여론을 은근히 들어보고 싶었는지도 모른다.

　모임은 그렇게 준비된 회의였는데 크나 적으나 비판은 그만두고 있었던 일인지도 알 수 없는 약속이나 했던 것처럼 묻지도 않는 자기의 생활을 반성하면서 그녀를 은근히 돋보였던 것이 불안했다. 자기가 승인했던 일이어서인지 포도주를 들이켜고 소리 없이 웃었다. 앞으로 생각이 어떻게 달라지겠는지 알 수 없어도 현재의 기분으로는 그리 나쁜 것 같지 않았다. 거슬렸다면 누구를 당장 어떻게 하라고 성질을 부렸을 것이다.

3

　연극영화대학 초빙으로 강의를 하고 돌아온 유호선이 저녁 늦은 시간에 심란하게 말했다.
　"이근영 선생이 갑자기 보위부에 끌려가고 이지용 선생, 송영 선생도 함경북도로 추방됐다오."
　잊을 만하면 당하는 일이라 그리 놀라운 것은 아니지만, 다음은 누가 또 끌려가고 추방될지 궁금할 뿐이다. 무슨 일로 끌려가고 추방됐는가. 우리가 사는 세상은 왜 이렇게 부산하고 스산할까? 소설가 이근영은 1956년 경장편소설 『첫 수확』을 쓰고 문학계는 물론 독자들의 반응이 좋았다. 농업협동조합의 집단화 방침이 생산성을 높인다는 김일성의 평가로 외국에 휴양을 다녀왔다. 그곳에 무슨 일로 왔는지 남한 기자가 나타나 지난 날 기자들의 인사를 전하기에 답례로 인사를 건넸다. 그가 전하는 기자들은 1930년대 후반 조선일보에서 같이 일했던 동료들이다. 말이 길어지면 시끄럽기에 식사를 하자는 청도 밀어버렸다. 꾸벅거리며 다시 나타나도 마주하지 않았다.

세월이 흘러 1970년대 그 기자가 무슨 이유로 그랬는지 자기가 소설가 이근영을 만났던 이야기를 하면서, 지난 날 함께 일했던 남한 기자들의 인사를 전하니 몹시 반가워하며 남북이 통일되면 다시 만나자고 인사를 꼭 전해달라고 당부했다고 하면서 지금 생활에 실증을 느끼고 있는 것 같다고 그 시절을 몹시 그리워하더라고 너스레를 떨었다. 며칠 후 출근길에서 누구도 알 수 없이 끌려갔다. 보위부 지하 감방이었다. 아무리 생각해도 자기가 왜 끌려왔는지 알 수 없다. 두드리고 비틀어도 나오는 것이 없었다. 무슨 일이 조금이라도 있었으면 가족들을 처리하겠는데 아직 그런 일은 없었다.

큰딸이 작가동맹 서기장 소설가 이인직을 찾아왔다. 우리 아버지는 어디 있냐고, 살아계시는 가고 섶게 물었다. 상임위원회 부위원장이며 작가동맹위원장 한설야를 추방하면서 문학인들은 줄줄이 끌어가고 쓸어버리던 시절이라 눈물이 하염없이 흘렀다. 이인직은 늘씬한 신체에 멋진 차림이라도 그가 대답할 문제가 아니었다. 위원장 천세봉을 만났다. 4·15창작단 성원으로 그곳에 있었다. 그는 소설 『안개 흐르는 새 언덕』 전후 편으로 김일성의 추궁을 받고 다른 작품으로 자신을 반성하는 시기라 뭐라고 나설 형편이 아니었다. 창작단 단장 석윤기, 당비서 김병훈과 같이 서기장을 만났다. 그때 마침 작가동맹 평론분과위원장 강능수가 무슨 일로 4·15창작단에 나타났다. 김일성의 외사촌 동생으로 어머니 강반석의 조카였다.

그는 1956년 평론이 현상응모에 당선되면서 문학계에 들어섰다. 그 후로 장막극을 조선문학 잡지에 연재했어도 어느 단체에서 무대에 올리지 않아 그대로 묻히고 말았다. 여러 가지 글을 쓰려고 했어도 별로 빛을 보지 못하고 평론에 정착하게 된 것이다. 이근영에 대해서 모르고 있었다. 아직 가족을 처리하지 않는 것을 보면 어디에 있는 것 같다고 말했다. 족벌로 따지면 김정일의 외삼촌뻘이다. 신경질적인 그를 만나지 않고 김일성의 책임서기 정하철이 집에 들오는 새벽 시간에 조용히 만났다. 그의 형 정하천이 시인으로 노동신문 1부주필이다. 그를 통하여 그런 자리를 마련할 수 있었다.

김일성은 책임서기의 말을 듣고 놀라며 그때 소설을 잘 썼다고, 내가 외국에 휴양도 보내주었다고 남한 놈이 무슨 심사로 그랬는지 몰라도 다른 일이 없으면 집으로 보내주라고 했다. 이근영은 6개월 만에서 지하 감방에서 나올 수 있었다. 그렇게 나온 것도 다행이었다. 집으로 돌아와서는 그대로 쓰러졌다. 설사를 하다 하다 누런 물벼락을 뿌리면서 그대로 죽는가 했다. 그렇다고 누가 병문안으로 찾아갈 수도 없었다.

그렇게 허적이면서도 명이 길어서인지 8개월이 지나 점차 자리에 앉게 되었다. 아내와 딸의 부축을 받으며 만수대 언덕으로 올라서는 김일성 동상을 우러러 당의 배려가 고맙다고 꽃다발을 드리고 인사했다. 자기가, 온 가족이 누구 때문에 이렇게 됐는데, 돌아서 언덕 아래 멀리 세월의 편파에도 무심히 흘러가는 대동강을 하염없이 바라보고 있었다. 무슨 생각을 하고 있을까. 딸은 아버지의 마음을 알기에 서둘러 내려오려는데 작가동맹 서기장 이인직이 위원장 천세봉의 승용차를 가지고 기다리고 있었다. 딸이 아침 시간에 아버지가 만수대 언덕으로 가도 되겠는가, 물었다. 앞뒤가 스산한 세월이니 어쩔 수 없는 선택이었다.

그 후 단편소설도 발표하지 못했다. 이미 쓰고 있던 장편소설도 발표하지 못했다. 제목을 달리하면 혹시 '청산리 사람들'로 수정하여 문학신문에 일부를 발표했어도 소설은 출판할 수 없었다. 청산리는 김일성이 현지를 지도하면서 풍년이 든다고 노동당사에 명기된 곳이다. 지하 감방에서 나왔다는 것으로 안심하고 신인들의 작품을 지도하면서 밥이나 얻어먹는 신세가 되었다. 중장편소설, 단편집, 시집은 김정일의 승인을 받아야 출판된다.

시나리오 작가 이지용은 극본 「분계선 마을에서」를 쓰고 김일성의 평가로 영화로 만들어지면서 그 주역으로 성혜림이 배우의 첫 출연이면서도 농촌 아낙네의 소박한 연기를 체현하게 잘했다. 그 후 영화에 몇 번 나오면서 공훈배우가 되고 더는 보이지 않았다. 아버지가 남로당 출신이고 갑부의 집안으로 어찌 되었는가, 궁금했다. 요즘 성혜림이 보이지 않는다고 몇 번 물어본 것이 문제였다. 함경북도 산골로 보내버렸다. 입을 다물고 살라는 뜻이다. 그는 선비 같은 조용한 성품이다. 막대기로 두드려도 먼지 하나 털리지 않을 체소한 사람이었다.

송영은 장편소설 『두만강을 건너』를 청년잡지에 연재했고 시나리오 「양반전」 「채봉감별곡」 등 예술잡지에 연재했고 장편 기행집들을 발표했어도 그의 창작에서 두각을 낸 것은 극본들이다. 특히 연극 「밀림아 이야기하라」는 커다란 성과작이었다. 그 작품이 후일 김정일의 4대 혁명가극(오페라)이라고 떠드는 〈밀림아 이야기하라〉의 본 작품이다. 연극에서는 주인공이 마지막 장면에 일본 헌병대의 총탄에 쓰러진다. 가극으로 개작하면서 그가 죽지 않고 전우들의 품에 안기는 것으로 하라고 지시했다. 그러자면 원작가의 의견을 들어야 했다.

무대를 총괄하던 최익규는 대외문화협력위원장 송영을 그의 사무실에서 만나 김정일의 이야기를 전했다. 본 작품이 처음부터 전사한 것이었는데 아무리 세월이 지났어도 만화영화처럼 죽었던 사람을 다시 살린다면 작품에 여운이 남지 않을 것이라고 의견을 주었다. 김정일은 즉시 대외협력위원장에서 철직시키고 당중앙위원회 부부장 김관섭을 그 자리에 앉혔다. 송영은 작가라는 명분으로 평양창작실에서 밥을 얻어먹는 신세가 되었다.

일은 그 다음에 터졌다. 소설가 이정숙은 점심시간에 송영과 같이 대동강 유보도를 걷고 있었다. 앞에 4·15창작단 성원들이 있었다. 천세봉, 김병훈, 석윤기, 권정웅, 황건, 최재우, 아동소설가 강효순 등이 있었다. 그는 김일성의 어린 시절을 주제로 「배움의 천리길」을 쓰고 있었다. 대동강 유보도 끝자락은 사람들이 별로 다니지 않는 조용한 곳이다. 그 위에 창작실이 있었다. 점심시간에 휴식으로 강변에 내려왔다. 그들은 백발의 작은 노인을 알아보고 성급히 마중했다.

"선생님."

천세봉이 작가동맹위원장이라도 강효순이 부위원장이라도 석윤기가 창작단 단장이라도 김병훈이 창작단 당비서라도 창작연대로는 훨씬 선배다. 그의 극본들이 대극장무대에서 군중들의 환호를 받을 때 석윤기, 김병훈은 단편소설을 겨우 발표하던 문학의 초년생들이었다. 그들은 오랜만이라고 옆에 있는 국제호텔 음식점으로 모셨다. 소박한 그 자리가 일을 키웠다. 창작단 성원들의 일과를 보고 받은 김정일은 그들이 무슨 영향을 받지 않을까 싶었는지 며칠 후 함경북도 길주에서 열차도 다니지 않는 먼 화대의 바닷가 산지로 쫓아버렸다.

4

최익규는 마음이 무거웠다. 빈터에서 영화산업을 일으킨 강홍식이 자기의 말 한마디로 수용소로 끌려갔다. 잘못된 처신인지 알 수 없어도 어쨌든 자기의 보고로 송영도 산골로 쫓겨갔다. 자기의 인생은 구슬픈 세월이었다. 돈이 없어 장가도 가지 못하고 영화〈새세대〉를 만들고 연출료 600원을 받아 친지들의 도움으로 결혼식을 치렀다. 강홍식의 주선으로 의사를 아내로 맞을 수 있었다. 노동자의 한 달 노임이 32원일 때 600원이면 괜찮았다. 연출료는 세 등급이다. 400원, 600원, 800원으로 김일성의 평가에 따라 값이 상정된다. 그의 첫 영화는 중간 정도의 평가였다.

최익규는 전쟁이 끝나 김병훈과 같이 문학의 열망을 안고 전쟁 참가자로 받아주리라 김일성종합대학 어문학부에 입학원서를 내려고 찾아갔다. 이게 무슨 일이지? 입학 지원자가 수백 명이었다. 전선에서는 하루에도 수십 명, 수백 명이 죽어나가는데 저것들은 어디에 숨어 있다 나타났는가? 그들도 같은 심사였을까. 두루 알아보니 교육부에 누가 있다고, 대학에 누가 있다고, 중앙에 누가 있다고 저마다 끈들이 있었다. 자기들은 빈털터리 신세였다. 이러다가는 안 되겠다 싶어 대동강 건너편(그때는 외진 곳)에 있다는 사범대학에도 어문학부가 있다는데 대학의 간판이 다를 뿐 학과의 내용은 같다.

그리로 가자. 최익규와 김병훈은 그렇게 사범대학생이 될 수 있었다. 선생은 소설가 석인해였다. 문학공부를 뼈빠지게 했다. 선생은 문학 특히 소설가는 지식의 폭이 넓어야 한다고 가르쳤다. 책이라면 모두 찾아 읽었다. 문학의 한계를 넘어 미술, 음악, 영화, 연극, 심리학, 철학 심지어 경제학까지도 탐독했다. 다행히 그때는 세계적인 책들을 여기저기 쑤시면 얻을 수 있었다. 글이라면 닥치는 대로 읽었다. 그렇게 졸업하면서 김병훈은 단편소설 「아버지의 노래」를 청년문학지에 발표했다. 그러나 최익규는 아무것도 발표하지 못했다. 구상은 화려했는데 작품은 아니었다. 밥은 얻어먹어야지. 석인해의 주선으로 민주조선신문 기자로 들어갔다. 몇 달이 지나도 기사를 제대로 써내지 못했다. 그러다가는 지방으로 밀려날 듯하다.

김병훈이 석인해를 찾아갔다.

"선생님, 최익규는 구상이 화려하고 작품에 대한 분석이 진지합니다. 영화나 연극을 만드는 일은 안 되겠습니까?"

"그렇게 할 수 있을까?"

생각을 더듬으며 물었다.

"최익규가 활동적이지?"

"예."

"그래, 나윤규가 그랬거든. 시나리오 없이 머릿속에 있는 내용을 연출대본으로 만들어 영화를 찍었어."

며칠 후 최익규를 데리고 버스도 없는 농촌 길을 걸었다. 8월의 뜨거운 열기에 트럭이 흙먼지를 일으키며 지나가면 숨이 턱턱 막히는 60리 먼 길이었다. 강홍식이 기다리고 있었다. 해방 전 서울에서 알고 있는 사이라 전화로 제자의 신상을 이야기했던 것이라 최익규는 어렵지 않게 예술영화촬영소 일원이 될 수 있었다. 곁에 앉히고 이야기해보니 문학은 물론 예술 전반에 대한 폭이 넓었다. 영화의 실기만 익히면 될 것 같았다.

놀라며 물었다.

"자네 왜 인제 왔노?"

최익규는 가슴이 뭉클했다. 며칠 동안 영화촬영소 현지를 돌아보며 눈에 익히고 연출가 오병초에게 맡겼다. 대머리는 이야기를 들었는지 영화의 초년생에게 3개월 동안 배우들과의 관계, 촬영가와의 관계, 작곡가와의 관계, 미술가와의 관계 등 연출가의 움직임을 눈으로 익히면서 스스로 자기의 것으로 만들라고 했다. 오병초는 실지 그랬다. 그가 있는지 없는지, 눈여겨보지 않았다. 그렇게 몇 달이 지나니 영화의 흐름을 알 수 있었고 할 수 있겠다는 생각을 가지게 되었다.

그렇게 3년이 지나면서 영화를 만들어 보겠다고 했다. 해보라고 그럴 능력이 있다고, 그는 1년이 지나면서 배우생활은 없었어도 오병초의 건의로 현장에서 사실상 조연출 일을 했다. 김병훈의 단편소설 「길동무들」을 각색해 영화 〈새세대〉를 만들었다. 그의 첫 연출은 그렇게 시작되었다. 직업도 없이 허궁 떠 있던 그에게 삶의 길이 열리게 되었다. 그런데 영화에 대한 김일성의 과분한 말씀을 전달받고 김정일에게 인사로 찾아가니 반갑게 손을 잡아주며 물었다.

"동무는 영화인이 아닌데 어떻게 그렇게 잘 만들었소?"

"은사 강홍식 선생의 도움이 컸습니다."

그것이 문제였다.

"은사라…."

며칠 후 강홍식의 가족이 사라졌고 2·8영화촬영소 중견배우 그의 아들 강효선도 사라졌다. 요덕청치수용소였다. 무슨 일로? 김정일의 사악한 속심을 누가 알겠는가. 최익규의 말을 듣고 생각이 틀어진 것이다. 영화는 물론 문학예술 전반을 자기가 지도하고 있는데 앞으로 이 방대한 사업을 김정일이 아닌 다른 누가 벌써 기초를 쌓았다면 자기의 부푼 꿈은 허상이 된다. 그대로 두어서는 안 된다. 보이지 않는 세력의 뿌리를 아예 뽑아버린 것이다. 그는 끌려가 1년도 되지 않아 수용소에서 달구지를 끌며 진창길을 허적이다 빼빼 말라(계륵병, 일명 개병) 죽었다. 61세의 허우대 큰 늙은이가 기관총이 항시 내려다보는 살벌한 철조망 속에서 어떻게 살겠는가.

최익규는 그렇다고 자기가 나설 수 있는 문제가 아니었다. 그도 모든 사업에서 제외되는 징벌을 받아야 했다. "너의 진정한 은사는 누구인가?"라는 강력한 경고였다. 징벌이 끝난 후에도 마음은 초조했다. 그렇게 허탈해진 마음으로 준비하고 차곡차곡 쓴 책이 『주체예술의 향도성』 전 4권이다. 김병훈은 1권 원고를 받아보고 이것을 완성하면 금방석에 앉는다고 했다. 책에는 문학예술 전반은 김정일의 탁월한 예지로 빛날 수 있었고 소설은 물론 시 한 편, 노래 한 곡도 그의 지도가 있었다. 김일성의 일대기 총서 『불멸의 역사』는 권정웅의 소설로 시작되었고 김정숙의 일대기 영화 〈숲은 설레인다〉도 김병훈의 소설로 시작된 것이다.

어쨌거나 최익규는 그런 방대한 글을 쓴 것으로 친위전사로 당중앙위원회 선동선전부장 자리에 오르게 되었다. 김병훈의 말대로 금방석에 앉았다. 그러나 마음은 편할 수 없었다. 은사는 그렇게 갔어도 가족이라고 철조망 밖으로 내오고 싶었다. 문화예술부 부부장으로 등극한 시나리오 작가 이춘구에게 이야기하여 김정일에게 제의서를 올려 강홍식의 아들 강효선을 데려다 영화배우로 쓰도록 했다. 그렇게 됐다.

  석인해는 김병훈, 최익규를 제자로 잘 둔 덕분에 남쪽에서 올라온 사람들은 거의 추방되고 숙청됐어도 부교수, 교수의 명예를 받을 수 있었다. 김일성의 회고록 전 8권을 쓴 작가동맹위원장, 문학예술총동맹위원장 김병훈, 무대예술의 혁명이라고 떠드는 4대 가극(오페라)을 총연출 지도했고 『주체예술의 향도성』 전 4권을 발표하면서 김정일을 전무후무한 예술의 천재로 받든 연고로 당중위원회 선동선전부장이 된 최익규가 추천하면 되었다. 그는 그들의 은근한 보살핌을 받으며 1990년 편안히 눈을 감을 수 있었다.

11 바람이 분다

1

백두산창작단에서 흘리는 소리에 의하면 소설가 이근영이 지하 감방에서 구사일생하여 나왔고 시나리오 작가 이지용과 극작가 송영이 함경북도로 추방됐다고 한다. 김원주는 가슴이 섬뜩했다. 이지용은 영화 〈분계선 마을에서〉에 성혜림이 출연하면서 알게 되었고, 송영은 1930년대 중반부터 서울에서 기자생활을 하면서 알고 있었다.

세상에, 자기 집안도 강권정치에 밀리고 쫓겨다녔지만 해도 너무했다. 그렇다고 딸을 탓할 일도 아니다. 권력이 타고 누르면 어쩔 수 없이 당해야 하는 것이 평민의 운명이 아니겠는가. 세월이 지나고 보면 능력에 따라 일하고 수요에 따라 분배받는 사회, 계급이 없는 사회, 만민이 평등한 사회를 건설한다는 외침은 권력을 잡기 위한 붉은 강도들의 수작이었다.

남편 성유경은 지배인이 자제경리부문 사업은 일군들에게 부지배인에게 보고하도록 했고 문건 비준도 일임했다. 그는 부지배인 사업을 여기저기 다니면서 했던 일이라 어렵지 않았다. 기계설비들이 널려 있는 넓은 공장 구내도 삽을 들고 다니며 손수 일을 찾아 도왔다.

공화국 창건기념일에는 지배인과 당비서의 추천으로 노력훈장을 받았다. 그 훈장이면 은퇴 후 국가의 공로자로 연금이 높은 급은 아니라도 그런대로 살아갈 수 있다. 이쯤이면 이제는 떠나라는 신호인지도 모른다. 누가 은퇴하라고 독촉하지 않아도 스스로 물러서야 한다. 자진 은퇴로 공장의 몇몇 일군들의 간소한 저녁 식사를 받으며 조용히 떠났다. 지배인이 건네준 포장함에는 양복 한 벌, 내의 한 벌, 까만 구두가 있었다. 그들의 성의가 고마웠다.

가정이 뿔뿔이 헤쳐져야 했던 불안하고 눈물겨운 생활이 이렇게라도 안정될 수 있는 것은 성혜림이 몸을 허탈하게 내맡긴 덕분이다. 백두산창작단에서도 도서실 주임 김원주의 해박한 지식에 놀라면서 친절히 가까웠는데 누구의 어머니라는 것이 점차 알려지면서 서먹하게 거리가 멀어지고 있었다. 싫어서보다 조심스러워했다. 그래서는 안 되는데. 마음의 벽이 쌓이면 슬퍼진다. 또 가슴에서 섬뜩한 소리가 들렸다.

영화 〈흑진주〉로 알려진 2·8영화촬영소 중견배우 박순남이 삼석구역 탄광으로 끌려갔다고 한다. 호위국 연예사업을 도와주려고 나갔다가 잠시 만났던 소대장이 찾아왔다. 그는 당중앙위원회 정치국원이며 비서인 양형섭의 아들이다. 김일성의 사촌매부, 김일성의 아버지 김형직의 둘째동생 김형록의 사위다.

아내는 김일성종합대학 역사학부 학부장 김신숙이다. 김형록의 딸, 김일성의 사촌동생이다. 그들은 모스크바 유학시절 만나 부부가 되었다. 그런 집안의 아들이라면 직계는 아니라도 김일성가계의 연줄은 된다.

〈꽃파는 처녀〉 주역으로 출연했던 홍영희를 소개해달라고 했다. 처녀는 연극영화대학 학생이었다. 김정일은 18세인 그에게 공훈배우 칭호를 안겨주면서 "다른 사람은 연극영화대학을 졸업하고서도 오랫동안 배우생활을 해야 공훈배우가 되는데 너는 공훈배우가 되어 대학에 가니 대단하다"며 앞으로 당에 충실하라고 했다. 그렇게 점찍어놓은 대상을 누구라도 곁에서 슬쩍 스치기만 해도 안 되는 것을 몰랐던가.

박순남은 2·8영화촬영소 중견배우로 1호의 존엄을 알기에 그럴 수 없다고 했다. 소대장은 아버지가 양형섭이고 어머니는 김신숙이고 할아버지는 만경대 김형록 선생이다. 모르는가, 알고 있어도 그런 일은 함부로 나설 수 없다. 그러면 어디 있는지 그것만이라도 알려달라, 그런 정도는 괜찮겠지…. 연극영화대학에 있다. 그때부터 저녁이면 처녀를 찾아다녔다.

"누구세요?"

"나는 만경대 김형록 선생 손자고요. 어머니는 수령님 사촌동생 김신숙이고 아버지는 당중앙위원회 비서 양형섭입니다."

"그러지 마세요."

또 나타났다.

"이러시면 안 됩니다."

"인사는 받아야지요."

뒤로 한 걸음 물러서며 사정하듯 말했다.

"이러지 마세요."

성급히 학교로 들어갔다. 대학가에 점차 소문이 돌았다. 그 자식이 누군데? 수령님의 가문이라고 한다. 그런 자식을 아무도 모르게 풍차가 싣고 가버렸다. 호위국이 나서고 양형섭이 나서고 김신숙이 나서도 알 수 없었다. 소문에 의하면 보위사령부가 납치한 것 같다고 했다.

김정일이 인민군안전국을 보위사령부로 승격시키고 자기의 직속으로 둔 비밀특수부대다. 당중앙위원회 비서 김환(1930년대 초기 혁명가 김혁의 아들)은 화학공업일군들 회의에서 "나라가 어려우니 비료공장이 제대로 돌아가지 못한다" 했다고 사무실에 연금시켰다. 정무원 부총리 홍성남은 계획일군들 회의에서 "인민생활이 너무 어렵다" 했다고 사무실에 연금시켰고 정무원 총리 이근모는 체신부장이 찾아와 자금을 얼마라도 돌려달라고 하자 "총리에게는 돈이 없소. 당에 가서 말해보시오" 했다고 총리직에서 해임, 연금시켰다. 체신부장은 김정일의 대학시절 비밀

경호원이었다.

수령님 외에는 누구도 예외가 될 수 없다. 누가 나서겠는가. 함부로 설치다가는 쥐도 새도 모르게 죽는다. 만경대 둘째 할아버지 김형록이 조카 김일성을 찾아왔다. 딸이 동행했다. 책임서기 정하철이 접수에 나와 모시고 들어갔다.

"수령."

"무슨 일입니까?"

"우리 손자를 보위사령부에서 끌어갔다오."

"손자가 누군데요?"

곁에서 김신숙이 눈을 글썽이며 불렀다.

"오빠, 제 아들입니다."

김신숙의 아들이라면 양형섭의 아들이다. 김일성은 "오빠"라는 부름에 마음이 젖는지 김신숙의 손을 잡아 곁에 앉혀준다. 김일성을 "오빠"로 불러주는 사람은 사촌동생 김신숙, 김정숙(김정일 어머니 김정숙과 다른 사람)이며 남편은 부총리 허담이다. 그들도 모스크바 유학시절 만나 부부가 되었다.

김일성은 짐작이 가는지 빙긋이 웃으며 불렀다.

"삼촌."

"예."

"내가 어릴 때 삼촌이 나를 많이 업어줬잖았습니까. 왜 그렇게 어렵게 부릅니까?"

그때는 삼촌이 장가 가기 전이라 등에 매달려 다녔다.

"지금은 수령이니까요."

김일성은 직원에게 음료를 준비시키면서 정하철에게 알아보라고 했다. 잠시 후 들어와 말했다.

"곧 만경대로 보내겠답니다."

김일성이 말했다.

"삼촌, 오랜만에 오셨는데 집에서 쉬다가시지요?"

"아니, 집에 가서 그놈을 기다려야지요."

"조카보다 손자가 더 귀하지요?"

"그런 마음은 아니지요."

김일성은 김신숙을 오랜만에 품에 안아주고 헤어졌다. 그날 오후 만경대에서는 손자를 질책하면서도 웃었겠지만, 박순남은 2·8영화촬영소에서 삼신탄광으로 끌려갔다. 김정일이 점찍고 있는데 누가 감히 설치는가. 그는 설마, 한 걸음도 아니고 반 걸음 나섰다가 영원히 묻히고 말았다. 그의 형은 만수대예술단 남중창단 단장이라도 나섰다가는 그도 벼락을 맞는다.

김원주는 그런 일들이 성혜림으로부터 이어지는 것 같아 마음이 편치 않아도 어쩔 수 없는 것이 현실이다. 점점 거칠어지는 권력의 음탕한 바람이 언제면 잠들겠는가? 옛날이나 지금이나 수컷들의 성욕이 문제다. 어느 철학자의 절절한 외침이었던가. 어느 작가의 간절한 당부였던가. 그것이 문제로다!

2

이진우 시나리오, 유호선 연출 〈이름 없는 영웅들〉이 다부작으로 좋은 평가를 받았다. 이진우는 신진작가로 중학교 영어교원이었다. 들리는 소리에 의하면 군생활을 하면서도 영어공부를 부지런히 했다고 한다. 저놈이 미국으로 도망가려는가? 부대에서 사상투쟁의 대상이 되기도 했다. 제대 후 시나리오를 몇 편 냈어도 받아주지 않았다. 현상응모에 「전선 넘어 먼 곳에서」를 출품했다. 다행히 3등으로 당선됐다. 대중잡지 천리마에 연재로 발표되는 것을 우인희가 우연히 읽어보고 남편에게 이야기했다.

"이 작품이 주제가 될 것 같아요."

그동안 연재로 실렸던 잡지를 모아주었다. 유호선은 읽어보고 무릎을 쳤다.

"되겠어."

그러면서도 미심쩍은 것은 요즘 김일성일가의 영화만 찍는데 되겠는가.

"그래도 대본을 만들어보세요."

유호선은 이진우를 만났다. 작품 구상이 대단했다. 그렇게 만들어진 영화 3부작 〈이름 없는 영웅들〉이다. 필름은 외화로 들어오는 특수상품이다. 나라의 사정이 어려운데 촬영이 승인될까, 유호선은 연출의 선배이기도 하지만 후배들의 작품을 성실하게 도와준다. 예술영화촬영소는 모스크바 유학을 다녀온 오병초, 2·8영화촬영소는 프라하 유학을 다녀온 유호선이 총괄지도한다.

김정일은 최익규의 설명을 듣고 물었다.

"유호선이 잘하지?"

"예, 이런 작품은 유호선이 잘합니다. 2·8영화촬영소에서 최초로 만들었던 〈영예로운 임무〉도 유호선이 지도했던 것입니다."

"그랬던가?"

그때는 2·8영화촬영소가 새로 조직되어 갈피를 잡지 못하고 어수선하던 시절이었다.

"그렇게 하지."

"예."

통과된 것이다. 유호선은 벌써 인물들을 염두에 두고 있었다. 남주역에 예술영화촬영소 김룡린, 여주역에 연극영화대학 졸업생 김정화 등 배우들이 선정됐다. 문제는 미군 특수부대 고문의 아내 잔네트 역을 누구에게 맡길 것인가였다. 아무리 생각해도 그럴듯한 인물이 없었다. 1955년 한설야 단편소설을 각색한 영화 〈승냥이〉에서 미국 선교사로 근사하게 등장했던 박영신이 있었다. 그녀는 문화상으로 있다가 얼마 전 숙청됐다.

"있소."

김정일이 호탕하게 웃으며 말했다.

"중앙도서관에 가면 그런 인물이 있소."

"누구입니까?"

"서옥순, 내가 부른다고 하시오."

유호선과 이진우가 연출작업용 풍차를 타고 달렸다. 키가 늘씬한 완전히 서양인 모습이었다. 어떻게 이런 여자가 우리나라에 있는가. 이진우는 놀랐다. 유호선은 프라하 영화대학시절 유럽사람들을 만나고 친구이기도 했지만 우리나라에서 이렇게 완전한 서양인 여인을 만나는 것은 뜻밖이었다.

"지도자동지께서 부르십니다."

놀라지 않고 웃으며 묻는다.

"왜요?"

"모르겠습니다."

발음도 안전히 우리식 억양이다.

"영화에 나 같은 인물이 필요했어요?"

"모르겠습니다."

유호선이 중앙도서관 일군에게 말했다.

"완전 이적문서를 예술영화촬영소로 보내주십시오."

"완전히요?"

"방침입니다."

방침은 지시라는 요구다. 영화촬영소에서 서옥순을 데리러왔다고 사람들이 너도나도 모인다.

중년 여인이 불렀다.

"옥순아, 너 영화배우 되는 거니?"

"모르겠어요."

떠났다. 살다보면 이런 일도 있는 것이다. 풍차는 언제 한번 와보지 않았던 아니 와보지 못했던 형제산 벌의 푸른 논밭 옆으로 달리고 있었다. 서옥순, 그녀의 아버지는 프랑스인, 어머니는 평양 여인이다. 아버지는 17세 어린 나이로 선교사인 아버지를 따라 동방의 멀고 먼 평양에 왔다. 그도 자라면서 아버지처럼 성실한 선교사의 길을 걸었다. 옆집에서 같이 자란 가난하면서도 귀엽고 착실한 처녀와 결혼했다.

　그 여인이 서옥순의 어머니다. 갑자기 나라가 해방됐다. 가지고 있던 자그마한 과수원도 먼저 내놓았다. 프랑스인은 할아버지가 농부 출신이라 가난한 사람들을 위한 좌익적인 경향이 있어 공산주의 급진정책의 요구를 어느 정도 알고 있었다. 잡아가고 청산하고 몰수하고 떠들어도 선교사에 대한 주변 사람들의 여론은 좋았다. 작은 병원을 차리고 프랑스에서 약품들을 가져다 생활이 어려운 사람들은 무료로 치료해주었다. 현지를 확인한 산업담당 부수상 김책이 프랑스로 보내주겠다고 했다. 놀랍게 평양이 고향이나 다름없다고 가지 않겠다고 했다.

　외국어 수준이 대단했다. 김책은 사립학교 교사로 일반 지식이 있는 사람이었고 북만 파르티잔 5군 정치부장 출신이다. 프랑스인의 다양한 언어에 놀랐다. 프랑스어와 한국어는 물론 러시아어, 영어, 스페인어, 독일어, 이탈리아어, 일어, 중국어 등 9개 국어를 구사하였다. 김일성에게 소개하고 국가의 통역으로 곁에서 사업을 보좌했다. 집도 곁에 두었다. 서옥순은 그때부터 유라(김정일)와 함께 뛰어다니며 놀았다.

　학교도 같이 다녔다. 덩치가 큰 서옥순은 작은 유라를 업어주기도 했다. 그녀는 그런 연유로 김일성종합대학을 졸업하고 중앙도서관에 근무했다. 가정은 대학동창과 생활하고 있었다. 김정일이 언젠가 "영화에서 너를 외국인으로 쓰겠다"고 말했다. 그때가 대학 졸업학년이었다. 떠났다는 연락을 받았는지 밖에서 사람들이 기다리고 있었다. 서옥순이 풍차에서 내려 서성이자 김정일이 스스럼없이 큰소리로 부르며 말했다.

"옥순이, 내가 말했지?"

옛 연인처럼, 키가 크고 덩치가 풍성한 서옥순의 품에 김정일이 푹 안기는 모습이 어색하지 않았다. 모두 즐겁게 환호했다. 촬영가 정익환이 순간을 놓치지 않고 영상을 남겼다. 그 사진이 서옥순의 책자에 소중히 보관되어 있다.

3

아침저녁으로 김일성일가의 것만 찍어 떠들고 있으니 말은 못해도 사회 분위기가 심드렁할 때 3부작 〈이름 없는 영웅들〉이 나왔다. 이색적이면서도 적후 공작원들의 긴박한 활동은 사람들의 심금을 울렸다. 저런 일이 정말 있었는가, 반신반의하면서도 반응은 폭풍 같았다.

김일성은 영화를 보다 놀랐다.

"저게 누구요, 선교사 딸이 아닌가?"

허백산이 정중히 말씀드렸다.

"예, 지도자동지께서 추천해주셨습니다."

김일성은 추억을 더듬으며 말했다.

"아버지가 프랑스인이었는데 좋은 사람입니다. 나를 많이 도와주었습니다. 정숙(김정일 어머니) 동무도 저 애 어머니와 가까웠습니다. 순박한 우리나라의 어머니 모습이었습니다."

영화는 사회적으로도 성공이었다. 저녁이면 사람들이 TV가 있는 집에 모여들었다. 영화가 끝나면 내 신발을 누가 가져갔어? 밀고 당기고 여러 모로 들볶는 시간이었다. 김정일은 창작가들에게 인민배우, 공훈배우 칭호를 주면서 후편을 더 만들라고 했다. 4부 5부가 나왔다. 다시 더 만들라고 했다. 시나리오 작가는 신인이라 더 만들기 어렵다고 했다. 1950년 6·25전쟁의 기밀문서들을 내주면서 오랜 창작가들이 도와주라고 했다.

"창작에서 거짓말을 하시오. 다른 나라에서도 거짓말을 많이 합니다. 군중은 크게 떠들면 긍정이든 부정이든 받아들이는 경향이 있습니다. 그런 거짓을 사실로 받아들입니다. 이것이 정치의 필요한 선동선전입니다. 거짓말을 대담하게 하시오."

영화는 3년이 넘도록 15부 작으로 만들어졌다. 후편으로 이어지면서 허풍이 많다고 시들해졌다. 어쨌거나 성공이다. 3부까지 좋았다는 것이 평론가들과 군중들의 반응이었다. 그 후 인민배우 칭호를 떨친 김정화의 가정이 파탄나고 공훈배우가 된 서옥순의 가정도 뒤숭숭한 여론이 이어지면서 파탄났다. 무슨 일로?

김정화의 남편은 시인이며 문학예술총동맹출판사 책임주필 정서촌의 아들이다. 대학을 졸업하고 그대로 눌러앉은 교원이었다. 그녀의 좋은 신랑감을 찾아주라는 지시로 정서촌의 아들이 지명되었다. 그런 인연이 어떤 것인가는 짐작하면서도 김정일의 지시라서 부부가 되었다. 영화를 다 찍은 후에도 집으로 들어오지 않는 날이 많았다.

어디로 다니는가? 혁명 임무라고… 뭐라고 말하겠는가. 따지고 들면 끝나는 것이다. 바보처럼 묵묵히 살아야 했다. 명색이 대학교원인데 누구의 남편이라는 뒷소리가 들리지 않아도 마음속으로 크게 울린다, 허수아비 같은 자기의 존재가 부끄러웠다. 대학 기숙사에 있다는 것도 남부끄러운 일이어서 아버지의 집, 어머니 곁에서 잠들기도 했다.

그녀는 인물이 깔끔했고 옷차림이 단정했다. 대학 때도 웬만한 남자들은 상대하지 않았다. 걸을 때는 사법일군 같이 차고 내정한 자세로 꼿꼿했다. 그런 품위가 영화에서는 그의 준하는 행동으로 될 수 있겠지만 가정에서는 생활이 여유롭지 못했다. 대학생들이 무슨 일로 집으로 찾아가면 얼굴을 상대하지도 않고 "모르는데…" 하며 문을 닫는다. 너무 쌀쌀맞다는 것이 뒷소리다.

남편이 어쩌다 집에 들어가면 한마디 던진다.

"다른 여자 있어요?"

문을 열고 횡하니 나간다. 그런 일들이 이어지면서 그녀가 고급 주택으로 이주했지만 남편은 따라가지 않았다. 그렇게 헤어졌다. 상처는 남아도 어쩔 수 없이 헤어져야 했다. 서옥순의 생활도 들락날락 이어지다 결국 헤어져야 했다. 그녀는 배우가 되기 전 가정에 성실했고 남편에 대한 예의도 순박했다. 배우라는 생활이 바람기가 심한 것이라 두둥실 그랬는지. 김정일의 측근으로 지목되면서 생활이 순탄치 않았다.

　김정일은 동평양 대동강 상류에서 즐기던 비밀요정에 성혜림의 가족을 들이고 연풍호로 그녀들을 차례로 데리고 다녔다. 원산에는 또 다른 살림(고용희)을 차렸다. 평양에는 경림동(김영숙)에, 대동강 상류의 비밀처(성혜림)에, 김옥은 누구? 김정일은 피아노 연주자를 자기의 사무실 서기로 두었다. 그래도 모자랐던가? 오랜 배우로 화술이 좋았던 오향문을 내세워주면서 딸 오미란을 연풍호로 데리고 다니면서 공훈배우, 인민배우로 예술영화촬영소 당비서의 자리에 올랐으나 그만 불치의 병으로 세상을 떠났다. 그녀의 성품은 조용하고 착실했어도 어쩌겠는가. 영혼의 넋은 그 자리가 얼마나 그리울까.

　남편을 따라 2·8영화촬영소로 기어이 갔던 송영애는 강제로 이혼을 당했다. 그녀의 공훈배우 칭호는 김정일이 예술영화촬영소에 나타나기 전에 받은 것이다. 남편은 촬영가로 되기까지 그녀의 도움이 많았다. 김정일은 그를 2·8영화촬영소에서 다시 예술영화촬영소로 자리를 옮겨놓고 공훈예술가 칭호를 주면서 다른 처녀를 붙여 이혼케 하고 후에 인민예술가 칭호를 주었다. 그녀는 그러거나 말거나 딸 하나를 데리고 소리 없이 살아야 했다. 가슴에 쌓이는 보이지 않는 찬서리는 얼마나 서럽고 괴로웠을까.

　공훈배우에서 인민배우로 부상한 홍영희는 조용한 성품이라

가정에 성실했고 남편은 무역부 직원으로 김정일이 지명하는 대로 그녀가 들어오거나 나가거나 묵묵히 살았다. 그렇게 사는 것이 백성의 편한 팔자인지도 모른다. 하기사 무슨 조건으로 어디로 끌려가는 것보다 낫지 않을까.

   왕자의 방탕한 생활은 끝이 없었다. 옛 어른들의 말에 의하면 음란의 쾌락이 심하면 오래 살지 못한다고 했다. 그럴까. 그는 90은 넘길 것이라는 의사들의 침 바른 건의에 자신하고 있었다. 정말 그렇게 될까.

4

   동평양 미림벌 대동강 상류의 한적한 기슭에 연풍호로 다니는 거리가 멀어 김정일과 측근들의 비밀요정을 큼직하게 지었다. 건너편으로 김일성종합대학 건물들이 멀리 보이고 그 기슭을 따라 내려오면 김일성의 33호(김정은 은신처)구역이 있고 좀 더 내려오면서 남조선사업부 청사가 보인다.

   비밀요정에서 뜻밖에 대형사고가 발생했다. 이종목, 김치구 등 부부장 다섯이 24시가 넘도록 술을 즐기다 이종목이 얼근한 상태로 승용차를 운전했다. 고요한 밤거리는 거칠 것이 없었다. 기분이 한껏 들떠 160킬로미터 속도로 옥류교를 건너 의사당 방향 십자로 굽이를 돌면서 아동백화점 언덕에서 내려오는 대형버스 밑으로 사정없이 들어갔다. 부부장 다섯은 눈도 못 뜨고 즉사했다. 새벽이라 본 사람이 별로 없었다. 다급히 현장을 수습하고 입들을 다물게 했다.

　김정일은 비밀요정을 즉시 폐쇄하고 평양시 한복판에 있는 중성동은 보는 눈들이 많아 성혜림의 가족들이 어디로 나다니기도 조심스럽고 불편했다. 그의 일가를 그쪽으로 옮기도록 했다. 새로 꾸린 대동강 상류의 비밀관저 주변 2킬로미터 반경은 한 개 대대의 경호구역으로 하고 한 개 중대가 철통으로 밀착하여 지키고 있었다. 그들은 자기들이 누구를 지키고 있는지 모른다. 알려고 하면 그냥 죽어야 한다.

　김원주는 백두산창작단에 계속 있는 것이 들리지 않는 소리로 마음의 부담이 컸다. 이제는 나이가 있어 들어가겠다고 영화인 동맹위원장이며 시나리오 작가인 이종순에게 이야기하고 조용히 떠났다. 대동강 비밀관저에는 그렇게 가족들이 모였다. 김정일은 그들을 여기저기 헤쳐놓는 것보다 한곳에 모여 있는 것이 좋다고 생각했는지 그렇게 하라고 했다. 소설을 쓴다고 창작휴양소 우산장으로 다니던 언니 성혜랑을 아들 김정남의 가정교육을 위해 불러들인다는 이유로 그의 아들과 딸이 들어와 같이 어울리도록 했다.

　성혜림은 해산 후 병이 도지면서 심장도 나빠졌다. 자기의 이런 생활이 불안하리라는 것은 처음부터 생각하면서 몸을 던졌지만 더 괴로운 일은 본의는 아니라도 자기 때문에 많은 사람이 누구도 모르게 끌려간 것이다. 앞으로 그들의 운명은 어떻게 될까? 자기의 병 치료는 어디서 어떻게 할 것인가. 이제는 어느 병원에 모르는 척 입원할 수도 없다. 김정일의 지시로 모스크바 주재 권희경 대사를 통해 오순희라는 가명으로 언니 성혜랑의 동행을 받으며 모스크바로 떠났다. 그들은 어머니에게서 배운 러시아어를 어느 정도 구사하기에 불편은 없었다.

대동강 비밀관저에는 어머니 김원주가 아이들을 데리고 있었다. 아버지 성유경은 은퇴하고 집에서 성혜랑의 아들딸을 살펴주다 대동강 관저로 들여보내고 혼자 있어야 했다. 마누라 김원주가 이따금 나와 살펴주고 다시 들어간다. 이렇게 사는 것도 다행이다. 인생이 이렇게 허무한 곡절로 되고 보면 좌익이라고 분별없이 떠들고 다니던 그 시절이 절망스럽기도 하고 경상남도 창녕 갑부의 넓은 터전을 두고 떠났던 것이 스스로 원망스러웠을지도 모른다.

성혜림이 언니와 함께 모스크바에서 돌아왔다. 몸이 괜찮아진 것 같다. 심란했던 얼굴이 웃는다. 김정일은 돌아왔다는 연락을 받고 그날 저녁으로 왔다. 사나이의 성욕일까, 탐욕일까. 여인들을 여기저기 숨겨놓고도 성혜림에게는 각별하다. 그녀도 그런 욕정을 알기에 풍요롭게 아낌없이 살펴준다.

"나는 성혜림이 좋아."

술에 취했을 때는 마음을 터놓는다.

"누구누구 해도 성혜림이 제일 좋아."

그는 어머니 김정숙이 갑자기 돌아가신 것을 괴로워하며 품에 안겨 슬프게 울며 말한다.

"혜림은 나에게 엄마 같아. 고마워."

그러고는 손을 꼭 잡고 말한다.

"미안해. 정말 미안해."

함께 살아줄 수 없다는 것이 미안하다는 회한悔恨의 마음일 것이다. 그녀는 그의 품을 더듬어주며 달랜다.

"나는 괜찮아요. 장군님만 건강하셔요."

그는 그렇게 잠든다. 성혜림은 나름대로 행복하다. 아직은 자기를 버리지 않았기 때문에 고마운 것이다. 그런 인연으로 아버지, 어머니가 이렇게라도 편할 수 있고 언니도 편할 수 있다.

김정일은 한 번에 오래 잠들지 못한다. 길어야 세 시간, 나머지는 점심시간에 자는 것이 그의 일과였다. 날이 밝기 전에 떠나야 한다. 그녀는 자리에 눕지 않고 다리미로 옷을 손질하고 신발을 정리하고 간단한 식사로 우유와 차를 준비하고 기다린다. 키가 늘씬하게 바지가 신발 뒤축을 가리도록 특별히 신경을 썼다.

새벽 3시 일어나 싱긋이 웃는다. 4시 전 그녀의 정중한 인사를 받고 승용차는 앞뒤 차의 경호를 받으며 조용히 당중앙위원회 청사로 떠난다. 김정일이 조국의 하루 일을 시작하는 것이다. 얼마나 부지런하신가. 얼마나 열정적이신가. 창조의 신이시여, 부디 안녕하시라! 대동강의 가을바람이 동트기 전 새벽이어서인지 차갑게 불어온다.

12 음탕한 자의 보복

1

추석봉은 영화촬영으로 바쁜 시간에도 박학의 집을 찾았다. 침상에서 심란하게 일어나 앉는다.

"몸은 어떻습니까?"

나이가 들면서 몸이 지쳤는데 영화 〈마을사람들 속에서〉 주역이 선정되지 않아 차일피일 미루던 촬영이 다급해 낮과 밤을 이어가다 현장에서 쓰러져 지금도 자리를 펴고 있었다.

"그저 그렇습니다."

"왜 그렇게 말씀합니까?"

김정일의 녹용도 선물로 받았는데…. 창밖을 멀리 바라보며 대답이 없다.

"우인희 소식 들었지요?"

"지금 어디 있다오?"

"보위부에 있다는 것 같습니다."

"보위부요, 보위사령부요?"

"잘 모르겠습니다."

침통하게 묻는다.

"그놈이 어떤 놈이라오?"

"총련 상공인(기업가)의 아들이랍니다."

그의 아비는 일본에서 기업가로 TV 설비 일체를 평양으로 보내주었다. TV 총국은 그렇게 만들어졌다. 설비와 수리부품들도 보내준다. 나라의 살림이 어려워 그런 도움이라도 받으려고 아들 주정기를 부총국장 겸 기술부장에 앉혔다. 총국장 김홍원의 말에 의하면 전자기술은 별로 없어도 자재를 들여오려고 열심히 다녔다. 술을 좋아하고 마약도 복용했는데 최근에는 그런 생활을 버리고 TV 총국 간부답게 처신하려고 노력했다.

그가 우인희를 쫓아다닌 일은 이번이 처음 아니다. 그때마다 부드럽게 타이르며 그러지 말라고 했다. 고급 시계도 몇 번 주려고 했다. 그래도 받지 않으니 작은 포장함을 무작정 안기고 갔다. 저녁 통근버스에서 내려 아파트 계단으로 올라가는데 앞에 불쑥 나타났다. 그 순간을 얼마나 기다렸으면 마주 설 수 있었을까…. 급히 쫓아갔다. 승용차는 어둠속으로 사라졌다.

조용한 가로등 불빛에서 포장함을 조심스럽게 열었다. 최고급 시계 한 개, 선이 굵은 금반지 한 개, 구슬이 달린 금목걸이 한 개, 파란 하늘색 보석이 달린 은반지 한 개, 이런 보석은 처음 보았다. 작은 함들에 소중히 포장되어 차례차례 담겨 있었다. TV 총국이 30분 거리에 있어 달려가 접수에서 전화로 총국장을 찾았다. 사무실에 있었다.

"우인희예요."

밤이 깊었으니 급히 내려오며 부른다.

"무슨 일입니까?"

총국장 김홍원은 강원도 출신으로 농부의 아들이다. 인물이 잘나고 화술이 좋았다. 그는 김일성의 충신으로 알려진 오중흡 일가의 사위로 들어가면서 출세의 길이 열렸다. 연극영화대학 연출학부 출신으로 서로 아는 사이다. 함께 사무실로 올라갔다. 포장함을 책상에 밀어놓는다.

"이게 뭡니까?"

우인희는 조금 전에 있었던 과정을 이야기하고 누구도 모르게 조용히 돌려주라고 부탁했다. 김홍원은 운전사에게 서평양백화점 10층 아파트까지 태워다주도록 했다. 며칠이 지났다. 겨울의 21시면 어둡고 날씨가 차갑다. 통근버스에서 내려 집으로 가는 길을 건너는데 아파트 갓길에 있던 승용차 문이 열리며 긴 코트를 입은 검은 그림자가 부른다.

"선생님."

우인희는 놀라면서도 다독이며 말했다.

"왜 이러세요?"

"추운데 차에서 잠깐 이야기 합시다."

겨울 밤거리는 바람이 차갑다. 그를 만나면 따끔하게 이야기하려던 참이었다. 곁자리는 싫어 잠시려니 뒷자리에 올랐다. 아버지가 보내준 고급 승용차라서 차내가 넓었다.

"다시는 이러지 마세요."

"날이 추운데 음료 한 잔 받아요."

보온병에서 따라 건넨다.

"들면서 잠깐 이야기해요."

발치에서 다시 보온병을 들어 자기도 따라 마신다. 그녀는 별다른 생각 없이 손에 들린 따뜻한 음료를 마셨다. 승용차가 스르륵 움직인다.

"어디로 가세요?"

침묵이 흐르는 사이 멈춘다. 시간으로는 5분 거리였다.

"여기가 어디예요?"

"우리 집 주차장입니다."

보통강구역 서장동 언덕 아래 부근인 것 같다. 밤이 깊어가는 시간이라 가로등은 꺼져 어디가 어디인지 알 수 없다. 차 안은 훈훈했다. 밖에서 추웠던 때문인지 몸이 풀리는데 눈이 어지럽고 이상했다. 밖으로 나가려고 문을 열면서 바닥에 쓰러졌다. 사나이는 급히 밖으로 나와 거들며 부른다.

"선생님, 밖에서 이러면 안 됩니다."

무엇이 안 된다는 것인가? 생각이 점점 멀어진다. 사나이는 여인을 승용차 뒷자리로 들이고 편히 눕혔다. 점점 기척이 없다. 옷을 벗겨 욕정을 챙겨도…. 숨소리는 있어도 몸을 움직이지 못했다. 옷을 그런대로 입히고 듣든지 말든지 중얼거렸다.

"잠시 쉬십시오, 모셔다 드리겠습니다."

운전석을 뒤로 젖히고 그녀가 일어나기를 기다리며 잠시 눈을 붙였다. 보온병 두 개, 하나는 마약을 겸한 수면제를 넣고 다른 하나는 자기가 마실 것을 준비했다. 여인은 그런 줄도 모르고 따뜻한 음료로 받아 마신 것이 정신을 잃게 되었다. 그들을 발견했을 때는 다음날 늦은 아침이었다. 사나이는 날이 추워 시동을 켜고 차내의 밀폐된 방음에 가스 중독으로 질식사했다. 여인은 뒷자리 문 곁에 비몽사몽 숨이 붙어 있었다. 사나이는 그렇게 한 여인을 강제로 가슴에 품고 저세상으로 가버렸다.

2

우인희는 공훈배우라도 급이 높은 인민배우 이상의 인기를 초월한다. 현장에 있던 사람들의 입을 봉하고 특호실에 입원시켰다. 5일 동안 보위사령부에 숨겼다. 눈을 가리고 승강기로 내려간다. 여기가 어디인지, 짐작으로 지하철보다 깊지 않은 것 같다. 내려서 보니 사방이 시멘트벽으로 둘러 있다. 작은 방에는 간단한 나무 침대도 있고 변기도 있다. 말로만 듣던 지하 감방인 듯하다. 벽에는 아무런 흔적도 없다. 시간이 가는지 날이 가는지 알 수 없다. 하루 이틀… 나흘은 지나지 않았을까. 반성의 시간을 주려는지 누구도 나타나지 않는다. 식사도 날짜를 모르게 엇갈려주는 것 같다.

철컥, 철문이 열리고 20대 후반의 계원이 들어와 두 손에 수갑을 걸고 뒤에서 밀며 나갔다. 다른 방으로 들어가 수갑을 풀어주고 나간다. 40대 중반 사람이 손으로 나무의자를 가리킨다. 저 사람은 어떤 직책일까. 책상 위 주전자와 물잔이 놓였고 또다른 작은 물건은 녹음기 같다. 앞으로 밀어놓고 튼다.

"식사는 합니까?"

말투가 부드럽다.

"네."

"3일이면 이곳에 왜 왔는지 생각했겠지요?"

4일로 생각했는데 3일이라니. 식사를 몇 끼 했던가, 모르겠다.

"그날 있었던 일을 기억할 수 있습니까?"

정신이 희미해서 그 후의 일에 대해서는 기억이 없다.

"모르겠어요."

"몸에서 다량의 마약 수면제 성분이 검출됐습니다."

그랬구나, 따뜻한 음료를 마시고 이상하게 몸이 노그라들던 것이 그것이었다는 생각에 마음이 무겁다.

"내가 너무 무감각했습니다."

어쩌겠는가, 일은 이미 엎질러졌다. 기억을 더듬으며 묻는 대로 대답했다.

"그놈이 밤중에 준비하고 달려드는데 어쩌겠습니까. 그런 순간을 주지 말았어야지요."

옳은 말이다.

"내가 잘못한 일입니다."

"목이 마르지요?"

주전자를 들어 물을 잔에 부어준다. 녹음기를 끈다. 오늘은 이렇게 끝나는가. 더이상 묻지 않았다.

"오늘은 이만하겠습니다. 다음은 다른 사람이 만날 것입니다. 여기 들어오면 말이 거칠고 포악하고 난폭합니다. 개처럼 취급합니다."

이런 일에 종사하는 사람들도 생김이 다른 것처럼 인격의 차이가 다른 것 같다. 사람의 심리는 천만층이라 했다.

"저의 마음을 이해하는 것 같아 고맙습니다."

"지난 날 선생이 출연했던 영화들이 얼마나 자랑스럽습니까. 저희도 지금의 모습에 마음이 아픕니다."

우인희는 대답을 못했다. 미안했다. 책상의 벨을 누른다. 계원이 들어와 두 손에 수갑을 걸고 뒤에서 밀며 나갔다. 다음날인가. 불은 켜 있으니 낮과 밤을 모르겠다. 지상에는 불이 이렇게 켜 있지 못하다. 조용할 때는 발전기 소리가 멀리에서 들린다. 식사는 콩밥에 절인 무 한 조각, 물 한 잔이 전부다. 그렇게 두 번 먹었는데 문이 열리며 계원이 두 손에 수갑을 걸고 다른 방으로 들어간다. 분명 어제 그 방이 아니다. 들어서자 몸집이 큰 사람이 눈을 부릅뜨고 사납게 쏘아본다. 40대 초반? 계원이 수갑을 풀어주고 나간다. 나무의자가 있어도 앉으라는 소리도 없이 소리친다.

"이 개 같은 년."

무섭게 다가서며 두 손으로 어깨를 꽉 눌러앉힌다. 머리카락을 들어잡고 뒤로 젖힌다. 얼굴이 마주칠 듯 내려다보며 소리친다.

"이년아, 네 것이 그렇게 좋아?"

어, 사람이 이렇게 징그러울 수가. 털이 숭숭한 콧구멍, 튀어나온 눈망울에 고릴라 같은 주걱턱, 오르락내리락 꿈틀거리는 울대뼈. 지금까지 느끼지 못했던 인간의 파상破傷이 너무도 혐했다. 눈을 감았다.

"눈떠."

철썩 때린다. 눈을 떴다. 주걱턱이 이렇게 싫었던가.

"이년, 누구누구 그랬어? 말해."

녹음기를 튼다. 쌍욕은 다하고 이제부터 기록하려는 것 같다. 저것들도 아무런 소리를 마구 내뱉지 말라는 것 같다. 고개를 숙이고 입을 다물었다. 쌍스러운 것들은 그 꼴이 그 꼴일 것이다.

"말을 안 하겠어?"

녹음기를 끄고 다시 머리카락을 틀어잡고 뒤로 제친다. 눈을 꾹 감았다. 징그러운 상통을 어떻게 다시 보겠는가.

"눈 안 떠?"

철판 같은 손바닥으로 사정없이 때린다. 철썩 철썩 정신이 뻥하다. 내가 이런 폭행을 당하려고 그랬던가. 그날 승용차에 타지 말고 그 자리에서 뿌리쳐야 했는데. 다음날인가 콩밥에 무 한 조각 물 한 잔, 세 번 먹었는데 또 불러낸다. 이번에는 여자 조사관이다. 군복에 표식이 없으니 어느 소속의 어떤 직책인지 알 수 없다. 책상에는 물잔, 주전자, 녹음기가 있고 노트 같은 책자가 있다.

자리에 앉으며 녹음기를 튼다.

"앉아요,"

여자여서 그런가, 언행이 부드럽다. 책자에서 종이 네 장을 펼쳐놓는다. 연필로 그린 스케치 그림들이다. 한 장은 그날 승용차 같다. 두 장은 차내에 있었던 내용이 그려진 것 같다. 사나이가 코트를 걸치고 운전석에 뒤로 제쳐 늘어져 있고 다른 한 장은 자기가 뒷자리에 정신을 잃고 바닥에 쓰러졌던 것 같다. 흐릿한 정신으로 그렇게 하고 있었던 것으로 추측된다. 마지막 장에는 두 개의 보온병이 그려져 있다. 모르기는 하겠지만 차 문틈으로 들어오는 미세한 찬 공기로 자기는 살 수 있지 않았나 생각이 든다. 그림들의 여백에는 현장을 목격한 사람들의 이름과 인감이 찍힌 것 같다.

"그림이 맞는 것 같아요?"

"그런 것 같아요."

"현지에서도 그렇다고 했어요. 사실 여부를 확인한 거예요. 이것을 사진으로 복사합니다. 법 문서로 남기든요. 이 그림으로 보면 선생의 입장이 아주 불리할 것 같지 않아요."

우인희는 자기와의 관계에서 벌어진 일이라 그날의 일을 아는 대로 모르면 그대로 이야기했을 뿐 뭐라고 변명하고 싶지 않다.

"그제 왜 말하지 않았어요?"

어제인 것으로 생각했는데 그제라니. 녹음기는 계속 돌아간다.

"이런 말을 해도 되겠어요?"

"괜찮아요. 편하게 말하세요."

그도 여자이기에 말했다.

"이 개 같은 년, 네 것이 그렇게 좋아, 뭐라고 대답하겠어요."

"그랬어요?"

조금 놀란다.

"쌍스러운 말은 다 하고 녹음기를 켜면서 누구누구였는가. 대답하라고 했어요."

곁으로 와 얼굴을 살피며 묻는다.

"때렸어요?"

흰 살결에 햇빛을 보지 못했으니 창백한 얼굴에 손바닥 피멍이 죽죽 있었다. 자리에 앉으며 굳은 표정으로 말했다.

"다시는 그러지 못할 거예요."

왜? 1960년대 중반 김일성은 영화인들을 평안북도 삭주 휴양각으로 불러 그들과 사담을 나누면서 특히 엄길선 우인희에게 말했다.

"동무들은 앞으로 후대들의 훌륭한 본보기가 되시오."

그 말이 영화인들의 가르침으로 되었다. 이렇게 끌려왔다고 함부로 했다가는 역풍을 맞을 수 있다. 이 순간이 김정일의 지시라는 것을 알고 있어도 그의 변덕을 어떻게 알겠는가? 오늘 저녁 당장 내놓라 할 수도 있고 내일 아침 누구도 모르게 죽일 수도 있다. 또 사람들에게 공포를 주려고 모아놓고 탕, 탕, 탕, 죽일 수 있다. 그러니 이쪽이나 저쪽이나 서로 조심스럽다.

그녀도 괴로운 듯 측은하게 부르며 말했다.

"선생, 우리도 마음이 아파요. 우리 어머니는 영화 〈춘향전〉이 좋다고 지금도 이야기해요. 〈한 지대장의 이야기〉는 중학생 때 보았어요. 〈마을사람들 속에서〉는 대학생 때 봤어요."

그녀도 울고 우인희도 울었다. 녹음기는 돌아간다.

"다른 말은 하지 않겠어요?"

"무슨 말을 더하겠어요, 그날 있었던 일은 전번에 아는 대로 모르는 대로 이야기했잖아요. 내가 너무 무감각했어요. 다른 일은 여러분의 생각대로 하세요. 누가 그랬다면 그런 것이고 아니라면 아니겠지요."

녹음기를 끈다.

"우리도 선생의 일이 어떻게 되겠는지 모릅니다. 마음을 버리지 마세요. 앞으로 일은 모르잖아요."

솔직한 심정인 것 같다.

"고마워요."

그날 점심인가 저녁인가 식사가 조금 좋아졌다. 동태 한 토막, 김치 한 조각, 콩나물 조금, 오랜만에 먹었다.

3

영화인들이 아침 출근으로 버스에서 내려 실내로 들어서니 무슨 일인지 분장, 실기, 촬영 등 작업준비를 하지 말고 대기하라고 했다. 버스들이 다시 촬영소 마당에 들어왔다. 무슨 일이지…. 한 사람도 남지 말고 버스에 오르라고 한다. 어디로 가는가, 시내에서 예술인들의 모임인가. 버스는 시내로 향하는 형제산구역 직선도로가 아닌 뒤로 돌아 순안 쪽으로 향했다. 버스가 도착한 곳은 군사학교에서도 멀리 떨어진 사격장이다. 벌써 여러 대의 대형 버스가 있었다. 교예극단도 온 것을 보니 피바다가극단을 비롯한 평양시에 있는 예술인들은 거의 모인 것 같다.

주변에 보위원들로 보이는 사복차림의 사람들이 부동자세로 서 있다. 이렇게 모이면 예술인들이라도 오랜만에 만나기에 인사를 주고받으련만 분위기가 스산해 그럴 경황이 아니다. 단위별로 엉거주춤 서서 덜덜 떨기만 했다. 3월 중순은 봄이라도 평안도의 오전 날씨는 바람이 불면 으스스 춥고 떨린다. 왜? 그저 사지가 떨리는 것이다.

앞에는 군인들의 천막이 각형으로 높이 가려져 있었다. 사격장으로 보라색인지 알 수 없는 검은 승용차가 들어오고 따라오던 흑색 승합차는 천막 뒤로 들어간다. 다른 승합차는 천막과 거리를 두고 멈춰선다. 잠시 후 천막이 걷히고 커다란 말뚝에 입이 가려진 물체가 묶여 있다.

저건 누구지?

승용차에서 내린 사람이 마이크 앞에서 군중들을 둘러보며 엄하게 소리친다.

"조용들 하시오."

잠시 뜸을 들이고 부른다.

"판결문, 우인희는…."

군중들의 탄식이 흐느끼는 소리로 흐른다.

"아―."

"건전한 우리식 사회주의 생활을 버리고 퇴폐적인 자본주의 생활에 빠져 민족의 고귀한 넋을 버리고 고급 상품에 몸을 던져주는 조국의 반역자를 인민의 이름으로 사형에 처한다. 상소권은 박탈한다."

통나무에 감겨 입이 묶인 우인희는 군중을 멀리 둘러본다. 다정한 친구들, 그리운 후배들을 잊지 않으려는지 천천히 새겨본다. 마음의 준비는 다졌던 같다. 죽는 것은 누구나 한번은 가는 길이다. 1,000년 전에 죽은 놈이나 100년 전에 죽은 놈이나 현재의 처참한 죽음도 끝나면 그만이다. 조각상처럼 굳어진 모습이 그 옛날 여인들의 장한 결의였는지 뉘 알겠는가. 묶인 발밑에 모래가 수북이 깔렸다. 거리를 두고 섰던 승합차에서 마스크로 얼굴을 가린 총수들이 내린다. 하나, 둘, 셋…. 척, 척, 척… 발걸음도 무겁다. 철컥, 철컥, 철컥…. 썰렁한 구령소리와 함께 정적을 깨치는 총소리가 연발로 울린다.

탕탕탕, 탕탕탕, 탕탕탕―.

흐느끼는 소리가 들린다. 누구냐? 고개를 숙이고 있으니 알 수 없다. 살인자도 아니고 허세를 밥 먹듯 떠드는 정치가도 아닌 한 여인의 억울한 죽음. 40대 중반의 아름답고 순박한 우인희는 그렇게 갔다. 자기의 소중한 몸을 강제당한 여인의 처참한 죽음을 세월은 어떻게 기억할까?!

김현숙은 버스에 앉아 오면서 지금의 이 순간을 눈에 그려보았다. 김정일이 어떻게든 보내지 않으려다 어쩔 수 없이 보냈으니 욕정의 앙심이 혹시 우인희의 생사가 아닐까. 자기도 수컷들의 분별없는 난동으로 재능 있는 조일혁을 잃어야 했다. 그런 안타까운 심정이 또 다른 비참한 죽음을 불러왔다.

"우인희, 슬퍼하지 마. 너를 비난하는 사람은 아무도 없어. 아름다운 너의 부드러운 인성을 누가 잊겠어. 영혼의 그곳에서는 너를 황금마차에 태워줄 거야. 그때 나도 태워줄 거지…."

자기처럼 연극영화대학으로 자리를 옮겼으면 어쨌을까, 예술영화촬영소에서 2·8영화촬영소로 옮겼다는 것이 그때의 반가운 심정이었다. 그러나 우인희는 연기의 현실감이 좋았기에 누구도 그런 은퇴식 자리변동은 바라지 않았을 것이고 승인되지도 않았을 것이다. 어쩌면 그것이나 이것이나 그의 운명이었는지도 모른다. 흐느끼는 손으로 눈을 더듬었다. 차가운 하늘도 억울했는가, 쌀쌀한 바람이 스산하게 불어치며 흙먼지를 몰아쳐 와도 저쪽에서 송영애는 손으로 눈을 더듬을 뿐 움직이지 않는다.

"인희 언니, 영혼의 그곳에서 우리 함께 손잡고 춤추며 즐겁게 놀아요, 부실이 같이 갈게요."

공훈배우 최부실, 그녀는 김정일에게 쫓겨나 평양시 교외의 책방에 우두커니 앉아 있다. 볼 만한 책이 없으니 한산하다. 이런 순간에도 숨겨진 눈들은 누구의 행동을 속으로 기록할 것이다. 그런 파수꾼은 어디나 있으니까. 요즘은 정치파수꾼이 너무 많아 눈이 아프도록 시리다. 총탄으로 헤쳐진 시신을 방수포로 가린다. 총탄 아홉 발에 흐르는 피가 모래에 스며들 때까지 들지 않는다. 까마귀들이 무리로 날아와 까욱— 까욱— 울며 하늘을 빙빙 떠나지 않는다. 영혼의 부름인가, 저 날짐승들이 오늘의 주인지도 모른다.

추석봉은 그녀가 일어나기를 기다리는 듯 움직이지 않고 마음속으로 조용히 불러본다.

"우인희, 잘 가오. 언제는 만나겠지. 기다려주오. 그때 연꽃을 한아름 안고 가겠소. 웃지 마오. 정말이오."

입속으로라도 부르니 가슴이 열리는 것 같다.

"그날에 우리 영화에서처럼 그 장면을 다시 펼쳐봅시다. 그런데 곁에 있어 할 신동철(관동군 참모장 역)이 병으로 먼저 갔소, 알지? 그가 곧 찾아갈게요."

눈을 꾹 감고 영혼을 빌어보는가. 얼굴을 들고 푸른 하늘을 하염없이 바라보다 눈길을 돌리니 맨 뒤에 뚝 하면서도 싱긋이 웃던 김룡린이 울었는가. 손으로 눈을 더듬으며 마음을 열어보는 것 같다.

"인희, 우리 영화에 함께 출연은 못했어도 영혼에서는 활짝 웃으며 같이 찍기요. 그때는 내가 업고 다닐 거요. 정말 그렇게 할 거요, 기다려요."

고개를 뒤로 젖히고 파란 하늘을 끝없이 바라보다 두 손으로 얼굴을 싸잡고 허청허청 걷는다. 저쪽 2·8영화인들의 뒤에서 조경순은 얼굴을 들지 않고 두 손을 바지 주머니에 푹 찌르고 무슨 생각을 할까.

그도 마음속으로 불러본다.

"우인희 선생, 우리 다시 영화를 함께 찍을 수 없어도 가슴에 깊이 새기고 있을게요. 혹시 꿈에서 만날 수 있을까? 꼭 만나요. 내가 노래를 괜찮게 부르거든요. 〈영원한 빛이여〉을 불러 드릴게요. 내 자작시 자작곡입니다.

먼동이 터오는 새벽의 찬란한 붉은 빛에도
해 지는 저녁의 은은한 석양의 순정에도
그대의 모습을 언제나 아름답게 그려보리
오 나의 벗, 내 삶의 영원한 빛이여!

어때요? 그만하면 괜찮지요, 슬퍼 말아요. 그래요. 그렇게 웃는 모습이 정말 아름답거든요."

이런 슬픈 사연의 독백이 누구에게는 간절하게, 누구에게는 절절하게, 누구에게는 풍성한 심정일지도 모른다. 그녀의 수줍은 듯 아련한 흰 살결에 순박하고 유연한 눈길을 어찌 잊을 수 있겠는가. 지금의 처참한 죽음이 방탕한 자의 어리석은 보복이라는 것을 세상이 왜 모르겠는가. 김정일도 지금의 이 순간은 물론 앞으로도 마음이 편치 않을 것이다. 악인에게도 어차피 추억은 있으니까.

1930년대 영화의 산증인들인 김연실, 문예봉, 김선영은 오늘의 현장을 어떤 마음으로 돌아볼까. 더욱이 어머니 김정숙의 혁명전우였다는 김명화(미망인), 김철호(최현 아내), 김옥순(최광 아내), 황순희(유경수 아내), 왕옥환(중국인, 최용건 아내)은 이렇게 반문하지 않을까.

"김정일, 너의 어미에게도 그런 시절이 있었다. 아무르훈련기지(1941년)에서 남자친구 지갑룡은 김일성에게 김정숙을 빼앗기고 중국의 부대로 가버렸다. 알고 있었어? 모르고 있었다면 지금이라도 느껴! 김옥순은 박길송이 전사하고 그의 부하였던 최광을 남편으로 모시고 살고 있다. 사람은 고쳐 쓴다는 말이 있다. 우인희에게 다른 옷을 입혔더라면 너의 인성이 돋보였을 것이다. 여자에게는 흉터가 나지 않는 것을 몰랐더냐? 어리석은 자식!"

박길송은 1930년대 불굴의 투사로 알려진 지대장이었다. 일본군에 체포되어 총살을 당하고 김옥순은 세월이 지나 그의 부하였던 최광을 남편으로 살고 있다. 그는 자그마한 체구면서도 당찬 사나이다. 1940년대 동북항일 연대장이었고 1950년 6·25 전선 사단장이었다. 1970년대에는 항공사령관, 총참모장, 무력부장이 된다.

　김정일의 할머니 강반석은 좌익독립군에 남편 김형직이 사살된 후 신변의 위험인지, 살기 위해서였는지 막내아들 어린 김영주를 데리고 안도현 경찰국장 무한장(중국인, 일명 우대장)의 첩으로 들어갔다. 그는 마약중독자였고 강반석은 마약을 들고 이미 드나들던 사이었다. 그때부터 가정은 무너져 각기 헤쳐져 떠들고 다니던 김일성은 1930년(18세) 하얼빈에서 한영애와 동거했고, 동생 김철주(16세)는 떠돌이생활을 하면서 중국인 지주의 집을 털다 사병들의 총에 사살되었다. 그 후 강반석은 본처에게 쫓겨나 남편의 마약동업자였고 중독자였던 조광준을 따라 산막으로 들어갔다.

　강반석의 몸에 여기저기 옮겨 다닌 흉터가 있었다면 '조선의 어머니'라 떠들 수 있겠는가. 그래서였을까. 김일성은 1971년 10월 안전부극단에서 만든 연극〈우리 어머니〉를 창광산극장에서 보고 스스로 부끄러웠는지 씁쓸한 기분으로 대중공연을 하지 말라고, 노래(강반석)를 만들면서 떠들지 말라고 했다. 김정숙의 몸에 그런 흉터가 있다면 '혁명의 어머니'라 부를 수 있겠는가. 여색에 대한 김정일의 바람기는 세상이 알고 있어도 몸에 그런 흉터가 남던가, 김정일이 그리도 섧게 그리워하는 어머니 김정숙이 하늘에서 오늘의 현장을 뭐라고 하겠는지.

　우인희를 그토록 탐낼 때는 어떤 심사였을까. 적과의 치열한 전투인 듯 총탄을 퍼부을 때(시간을 정해준다) 어떤 울분이었을까. 권력의 욕정이 그렇게 무상했던가. 인생은 누구에게나 끝이 있다. 그때 그의 마지막 운명은 어떤 모습일까. 방탕한 자의 음욕의 보복을 세월은 반드시 기록할 것이다. 그것이 붉은 귀족의 비열한 텃세였으니 더 진하게 새겨질 것이다. 오늘의 까마귀가 그날에는 날지 않을까. 아서라, 날짐승도 고약한 심기는 더러워 피한다고 했더라.

우인희는 매몰차게 밀어버리지 못하는 여리고 순박한 마음 때문에 남보다 먼저 끌려갔다. 지나온 날들이 얼마나 아름다웠던가. 그녀가 남긴 삶의 부드러운 인성은 얼마나 다정했던가. 사랑의 열정이 넘치던 영혼이여, 세상은 그대를 탓하지 않으리니 부디 편히 잠드시라!

13 무언의 저주

1

김일성 책임서기 정하철은 앞뒤가 이렇게 답답하게 느껴보지 못했던 사업과 생활이었다. 수령님을 따라 금수산으로 자리를 옮기면서부터 보이지 않는 감시망에 묶여 있었다. 오고 가는 전화의 내용까지 도청당하고 있다. 김정일의 감시가 그렇게나 집요했다. 자기가 수령님을 가까이 모신 지 십수 년이 지났어도 지금까지 당해보지 못했던, 뜻밖의 또 다른 파벌의 감시였다. 수령님의 충신이라는 자식이…. 김일성이 최고인민회의 높은 연단에서 직접 공개 지명한 후계자가 이럴 수 있단 말인가.

그는 조용한 기회에 말씀드렸다.

"수령님, 우리(금수산) 전화가 본청사(김일성이 1955년부터 있던 당중앙위원회 집무실을 본청사라 불렀다)의 도청을 받는 것 같습니다."

김일성은 놀라며 반문했다.

"그래?"

잠시 후 묻는 듯 말했다.

"벌써…."

씁쓸히 부르며 말을 이었다.

"정 동무. 권력을 잡으면 앞뒤 누구도 의심스럽고 믿기 어려운 거요. 때로는 무섭고 괴롭소."

자기가 권력을 잡고 항시 느꼈던 불안한 그 심정이었을 것이다. 그러면서도 마음은 불편했는지 무겁게 말했다.

"좀 더 두고 봅시다."

"예."

1970년대 들어서면서 수령님의 후계자로 누구를 추대할 것인가. 김정숙의 아들 김정일인가, 계모 김성애의 아들 김평일인가, 측근들 속에서는 은근히 초미의 관심사였고 그것이 어쩌면 그들 자신의 운명이기도 했다. 김정일은 신체가 작고 중학생 때부터 생활이 방종스러워 뒷소리가 그리 좋은 편이 아니었다. 반면 김평일은 신체도 늘씬했고 얼굴 생김도 김일성의 모습 같기도 했다. 행동이 듬직했고 생활도 괜찮았다. 사람들의 시선이 은연중 그쪽으로 기울면서 앞에 나선 사람이 1930년대 파르티잔 출신으로 정치국원이며 부주석 김동규였다.

무력부장 최현은 병상에서 아내 김철호(파르티잔 출신)의 이야기를 듣고 부관에게 침상으로 부르라고 했다. 지금은 국가부주석이라도 그 시절에는 최현 앞에 바로 서지도 못하던 처지라 무슨 일인가 찾아왔다. 문안 인사를 해도 듣는지 마는지 눈을 흘기며 거칠게 묻는다.

"자네가 김성애의 아들을 후계자로 지명했다며?"

소파에 편하게 앉았던 자세를 바로 세우고 어정쩡 말했다.

"아, 그런 게 아니라….”

"이놈아, 김정숙을 벌써 잊었어?"

최현은 호통치다 그만 쓰러졌다. 고혈압이었다. 김정일은 여차하면 김평일에게 밀릴 수 있었다. 그 후 김동규의 가족은 물론 그 측근들은 전부 수용소로 끌려갔다. 그렇게 추대를 받은 김정일이 사회의 전면에 나서면서 그의 감시가 비겁하리 만큼 집요했다.

정하철은 집과의 전화도 일반적 말은 하지 않도록 했고 누구와도 사적인 전화도 하지 않았다. 저녁 늦게 집에 들어서니 아내가 봉투를 내밀었다. 우표가 없는 봉인된 봉투였다. 시인이며 노동신문사 1부주필 정하천 형님이 왔었다는 것이었다. 자기 방에서 봉투를 열었다. 글은 짧게 적혀 있었다.

"어제 우인희가 총살됐네. 알고 있나?"

뭐?! 아내를 불렀다.

"알고 있었소?"

"어제 그랬다고 오늘 낮부터 그런 말이 들려요."

수령님께 뭐라고 말씀을 드려야 할지 앞이 캄캄했다.

2

김일성은 자신의 생일 70돌을 앞두고 마음이 한껏 들떠 있다. 그날이 아직 2년이 남았어도 동평양 대동강변에 주체사상탑을 높이 세운다지, 모란봉경기장을 김일성경기장으로 새롭게 꾸린다지, 그 앞에는 개선문을 세계적 규모로 앉힌다고 모든 사업의 설계도면까지 완성하고 김정일이 진두지휘한다 하니 가슴이 부풀었다. 이런 벅찬 나날에 우인희의 총살은 또 다른 사회의 정치적 문제가 아닐 수 없다. 정하철은 어젯밤 사이에 있었던 국내외 정세를 추려 말씀드리고 조심스럽게 불렀다.

"수령님."

김일성도 무엇을 느끼고 묻는다.

"무슨 일이 있었소?"

"놀라지 마십시오. 어제….'

"어제?"

"우인희가 총살됐답니다."

"뭐?! 우인희를? 누가? 왜?"

자기도 모르게 두서없이 반문했다. 눈을 꾹 감았다. 이 문제로 김일성의 충격이 크리라는 것을 알면서도 피할 수 없는 일이기에 어쩔 수 없이 말씀을 드린 것이다. 1960년대 중반 우인희를 비롯한 영화배우들을 삭주로 불렀다는 것은 당내 학습자료에 널리 알려진 소식이다. 그녀를 아낀다는 것을 예술인들에게는 숨겨진 이야기일 뿐이다. 그런 상대를 누구도 아닌 김정일이 보고도 없이 갑자기 총살했으니 그 충격은 얼마나 클 것인가. 정하철은 의료진을 대기시키고 김일성 곁을 떠나지 못했다.

3

김일성은 그날은 물론 다음날도 취기에 묻혀 침상에 누워 있었다. 오후 늦은 저녁 시간에 부름을 받고 사무실로 들어서니 김일성종합대학 방향 창가에 뒷짐을 쥐고 서 있었다.

"수령님."

잠을 설쳤는지 얼굴이 푸석푸석했다. 자리에 앉으며 부른다.

"하철이."

이렇게 부르는 것은 극히 드문 일이다. "정 동무" "책임서기"라 부르는 것이 일상이었다. 심란한 마음에 누구라도 가까이 부르고 싶었을 듯하다.

"말씀하십시오."

"내가 60 넘게 살아보면 사람의 운명에는 알 수 없는 저주가 있소."

낮과 밤을 이어가면서 곰곰이 생각했던 심중이었을 것이다. 당시 김일성은 68세였다. 권력의 인생으로 보면 그렇게 꽉 늙은 것도 아니다. 자기의 운명을 염려해서인지 말하는 기품이 허탈했다.

정하철은 놀라며 물었다.

"수령님, 왜 그렇게 말씀하십니까?"

지나온 세월을 더듬으며 말했다.

"정일이가 아이 때 키가 크고 눈이 쑥 들어간 소련사람을 보면 엄마 뒤로 숨었소. 어른거리는 그림자를 무서워하면서 날이 어두워지면 밖으로 나가지 않으려고 했소. 정숙이 담력을 키워주려고 애를 많이 썼소."

정하철은 자기의 어린 시절을 돌아보면 어쩌지 못하던 아이들이 어른이 되면서 집안의 권세를 등대고 으쓱거리는 멋들을 심심치 않게 보게 된다. 깡통이 얼마나 요란한가. 점점 더 떠들면 세상의 웃음거리가 될 것이다.

김일성이 묻는 듯 말했다.

"세월에는 보이지 않는 무언의 저주가 있소. 정일이가 그런 일을 당하지 않을까, 근심이 되오. 그런 일은 없을까…."

정하철은 은근히 놀라며 조심스럽게 말했다.

"이번 사건은 예술인들을 각성시키고 사회를 건전하게 하려는 뜻이 있었을 듯합니다. 너무 심려하지 마십시오."

"아니, 그렇게만 생각할 일이 아니오."

김일성은 우인희를 예술영화촬영소에서 남편이 있는 2·8영화촬영소로 보내주지 않았다는 말을 듣고는 저놈(김정일)이 그녀를 탐내고 있다는 것을 직감하면서 자기도 그랬으니 뭐라고 탓할 수 없는 일이었다.

"아득히 흘러간 전설 같은 이야기지만 로마 카이사르의 살해 범이던 부르투스도 결국 그렇게 죽었소. 세월을 지나고 보면 어느 시대에서나 보이지 않는 저주가 있었소. 그런 불만이 쌓이면 봉기가 일어나오. 그것이 계급사회의 역사요."

부르투스는 카이자르가 아끼며 살펴준 후배였다. 자기를 죽이려는 무리들 속에서 그를 보고는 얼마나 놀랐겠는가. "부르투스, 너마저도…" 하고는 그의 칼에 죽었다. 권력의 승패는 그렇게 파렴치하고 잔인했다. 1920년대부터 공산주의 운동이 세계를 지배하는 듯했으나 그 운동의 실천자이며 지도자였던 레닌도 그렇게 죽었고 강철같았던 스탈린도 그렇게 죽었다.

숨소리를 길게 흘리며 심란하게 말했다.

"권력을 잡으면 필요한 만큼 믿는 척하는 것이지 누구도 믿지 못하오. 사람의 심기는 조석이 다른데 그 변심을 어떻게 알겠소."

믿는 척하는 것…. 30년이 지나도록 권력을 휘두른 통치자의 놀라운 심경이었다. 필요한 만큼. 그래서였던가. 조국 통일의 대업을 이룩하자고 중국에서 들어온 무정(군단장), 장평산(군단장), 방학세(사단장, 후에 군단장), 이학문(정찰특급영웅) 등 연안파와 유럽에서 들어온 허가이(당중앙조직부장), 박의환(부총리), 박창옥(당중앙선동선전부장), 서만일(작가동맹부위원장) 등 소련파, 또 남한에서 들어온 박헌영(부총리 겸 외교부장), 이승엽(전선정치위원), 이강국(외교부부장) 등 여러 파를 믿는 척 끌어들여서는 6·25전쟁이 끝나고 정세가 완화되자 하나하나 죄명을 씌워 무자비하게 처리했다. 믿는 척하면서…. 이것이 파벌에 대한 김일성의 보이지 않는 숨겨진 저주였던가.

중공부대들에서 걸출한 지휘관들로 알려진 무정 장평산, 방호산, 이학문들이 1950년 6·25전쟁의 서부와 중부를 장악했었다. 사실상 3년 정쟁은 그들이 주동이 되어 밀고 당겼다. 중공군이 참전하면서 소련군 총참모장은 김일성에게 모스크바로 들어가 자리를 잡으라고 하는 처지였다. 어렵사리 전쟁이 끝나고 그들이 차지했던 군사령관 자리들에 전선에서 부대를 지휘하지도 못했던 백학림, 이두익, 주도일, 김익현 등을 앉혔다. 그들은 방법을 모색하고 뒤에서 병변을 일으킬 조직력이 없는 무능력자들이었다. 누구를 의심하고 경계할 필요 없이 마음이 편했다. 그런 폐물들이 권력을 주고 있으니 경제를 모르는 국가는 점차 기울고 있었다.

김일성은 심란하게 말했다.

"앞으로 보이지 않는 무언의 저주를 주의하라고 하시오."

"예."

정하철은 다음날 김정일의 책임서기 이명철을 불러 봉투를 내들며 말했다.

"수령님께서 하신 심려의 말씀이요."

"예."

봉투에는 설명 없이 짤막한 글이 적혀 있었다.

"앞으로 보이지 않는 무언의 저주를 주의하시오."

4

　금수산 김일성의 거처에서 자기의 책임서기를 부른다니 무슨 일인가. 은근히 긴장했던 김정일은 봉투를 열어보고는 혼자 중얼거렸다.

　"보이지 않는 무언의 저주라…."

　어려서부터 외로웠던 그는 누구도 믿지 않는다. 아니 믿을 수 없었다. 그러고 보면 아버지 김일성도 그 시절부터 떠돌아다니면서 그랬던 것 같다. 그러면서도 당의 광범위한 구호는 '믿음의 정치'라 떠들어댄다. 그들의 선동선전은 권력을 지키기 위한 정치사기꾼의 나발이었다. 세월을 돌아보면 보이지 않는 무언의 저주는 어느 시대에서나 있었다. 그런 저주가 쌓이면 결국 민중봉기가 일어나는 것은 역사의 필연이었다. 프랑스 파리의 민중봉기를 잊었던가!

　김정일은 그 후부터 정치공세를 더욱 강화했다. 자기의 직속 보위사령관 직급을 중장에서 상장으로 높이고 호위국 2국(김정일 경호부대)을 확대하면서 1국(김일성 경호부대)은 금수산부대를 제외하고는 사실상 거의 와해시켜버렸다. 딴딴한 체통으로 강경했던 호위국장 전문섭의 대장 군복을 벗기고 검열위원장이라는 실권 없는 자리로 밀어내고 물렁물렁한 이을설을 그 자리에 앉히면서 원수 칭호를 주었다. 1930년대 초기 파르티잔 중대장 조대언(별칭-조나발)의 막내아들 조명록에게 원수 칭호를 주고 총정치국장으로, 사실상 2인자로 만들어버렸다.

1972년 중국 방문 만수대예술단 1진을 태운 비행기가 순안비행장에서 활주로를 이륙하는 순간 펑 소리와 함께 거센 불길에 휩싸었다. 김정일은 현장에서 백여 명이 불에 타 죽는 것을 눈으로 직접 보았다. 그 참상에 얼마나 놀랐겠는가. 그다음부터 공포증에 시달려 다리를 끌면서도 비행기를 타지 못했다. 그러면서도 떠드는 것은 누구보다 소리가 크다. 소가 뛸 때 들판에 울리는 빈 달구지 소리가 얼마나 요란한가. 권력자들의 숨겨진 생활을 조금이라도 들여다보면 가관이 아닐 수 없다. 어릴 때부터 겁이 많았던 탓인가. 철통같은 경호 속에서도 잠자리에서는 누구도 믿을 수 없다며 권총을 베개 밑에 넣고 자리에 눕는다.

14 종장

1

우인희의 총살은 다음날 아침 방송 광고처럼 쉬쉬 날렸다. 그것이 누구의 처사인지 알기에 소문 없이 떠돌았다. 며칠 사이에 전국으로 퍼져 국가적 사건으로 뒤숭숭했다. 현장을 보지 못한 사람들은 그럴 수 없다고 믿으려 하지 않았다. 딸처럼 누나처럼 언니처럼 동생처럼 누구에게나 눈앞에 그려지던 우인희! 그가 누구인가, 설마?!

충격은 너무도 컸다. 대동강이 생겨난 이래 양덕계곡에서 굽이굽이 흘러온 뗏목의 물길은 얼마나 많았던가. 남포에서 평양으로 올라오고 내려가던 상선들의 뱃길은 다 어디로 갔는가. 그 많은 흔적은 없어도 대동강은 그날 그때처럼 지금도 흐르고 앞으로도 흐를 것이다.

한 여인의 아름다운 영상에 총탄을 퍼부어 묻어버린다고 그녀가 남긴 진한 모습이 사라지겠는가. 그는 화류계의 잡년도 아니었고 주인 없는 서녀庶女도 아니었다. 미모에 끌려 달려든 어쩔 수 없는 강제가 아니었던가. 김정일은 대동강 기슭(성혜림)에, 경림동 언덕(김영숙)에, 원산 바닷가(고용희)에 남모르는 살림을 숨겨놓았다. 홍일천에게서 낳은 두 딸은, 유금순에게서 낳은 딸은, 그것도 모자라 누구, 누구라는 것은 쉬쉬 알려진 여인들의 이름이다.

성혜림은 우인희와는 남다른 인연이었다. 동시대의 배우이기도 하지만 남쪽 출신들을 간첩으로 몰아 처형하고 지방으로 추방시키는 중에도 살아남은 동질감이 남모르게 가까워진 것인지도 모른다. 앞으로 이번 사건처럼 누구에게 또 달려들지 모른다. 음탕한 자기의 생활을 숨기려고 여론의 요소를 찾아 사회적 요구인 듯 떠드는 것이 권력자들의 파렴치한 언동이다.

김원주는 충격이 컸다. 세상에, 이럴 수가, 믿을 수 없는 일이 자기 가정에도 닥치는 것 같아 마음이 초조했다. 성혜림은 모스크바에서 치료받으면서도 요즘은 심장이 급격히 나빠졌다. 몸을 허탈하게 던져 집안을 이렇게라도 건져 가족이 지금까지 살아 있다는 것이 다행히 아닐 수 없다.

김정일은 자주는 못 와도 성혜림이 모스크바에서 돌아왔다면 부리나케 들러 몹시 반가워했다. 그리고 잠자리를 같이하고 새벽이면 좋은 기분으로 떠난다. 그러고 보면 그녀의 품은 그때나 지금이나 풍성한 것 같다. 산삼으로 제조한 녹용 약제를 많이 가져왔다. 약 기운인지 기력이 점차 좋아졌다. 그렇다고 이렇게 무한정 매달려 있을 수 없는 일이다. 어쩌면 김정일에게 우리 가정이 피할 수 없는 부담일지도 모른다. 그런 짐이 쌓이면 한순간 돌아설 수 있다. 그것이 설치는 인간의 참지 못하는 욕망의 타심이 아니겠는가.

그러자면 황금 같은 보이지 않는 이 소굴에서 어차피 떠나야 할 것이다. 시간은 빠르면 빠를수록 좋다. 어떻게 무슨 방법으로? 김원주는 이 문제를 두 딸과 함께 신중히 토의했다. 김정일이 아직 노골적으로 밀어내지 않는 이 기회를 좋게 그와 편리하게 토의해보기로 했다. 성혜랑의 아들과 딸도 학교 갈 나이가 훨씬 지났고 김정일의 아들 김정남의 학교 문제도 시급하다. 대동강 상류 기슭 관저에서 가르친다 해도 아이들의 생활은 집단이어야 한다. 이 복합적인 문제를 어떻게 풀 것인가. 평양에서는 어디에 내놓을 수 없다. 그렇다고 지방은 더 어렵다. 방법은 오직 하나 해외로 멀리 떠나보내야 한다. 그러면 이쪽이나 저쪽이나 부담 없이 조용히 해결될 듯하다.

이 문제가 어쩌면 김정일에게 성혜림과 그 일당을 해외로 탈출시켰다는 이면으로 부상할 수도 있고 국제적인 뉴스로 번질 수도 있다. 승인되겠는가…. 지금까지 성혜림이 언니와 같이 모스크바로 다녔어도 별 어려움은 없었다. 돌아오면 병 증세도 물어보며 좋아했다. 잠자리에서는 하룻밤에 천 리 성을 쌓는다는데 이 문제는 성혜림이 해결해보기로 했다.

만약 그렇게 된다면 김원주는 거리가 멀지 않은 동평양 영감이 외롭게 있는 집으로 들어가면 된다. 불안했던 일은 뜻밖에 쉽게 풀렸다. 성혜림이 앞으로의 생활을 순리로 이야기하니 그렇게 하라고 흔쾌히 승인하면서도 이번 이별이 어쩌면 영원하리라는 것을 느꼈는지, 성혜림의 품에서 많이 울었다고 한다. 지나온 세월을 돌아보면 18세 나이로 결혼하고 며칠이 지나 12세 유라(김정일의 본명)가 결혼을 축하한다고 불가리아 장미화장품 한 조를 선물로 가져왔을 때 그와 많은 이야기를 나눴다. 계모 김성애가 쌀쌀하고 매정하다는 것을 주변에 떠도는 여론이어서 부담 없이 물었다.

"엄마와 같이 있어?"

"엄마 아니에요. 계모예요."

"계모라도 엄마지?"

"우리 엄마는 저기 있어요."

손으로 모란봉 방향을 가리키며 눈을 글썽이었다. 성혜림은 어린아이의 시린 마음을 몰라준 것이 미안했다. 품에 안아주며 불렀다.

"유라, 누나가 잘못했어. 울지 마."

아이는 손으로 눈물을 닦고 불렀다.

"누나, 엄마 곁에 가보겠어요."

"모란봉에?"

"예."

"혼자 가면 안 된다. 나와 같이 가자."

"밖에 선생님 있어요."

복도에서 내려다보니 20대 후반 청년이 기다리고 있었다. 경호원이다. (그가 후일 1962년 3월 혁명박물관 현장에서 김성애의 간섭을 강하게 질타하도록 가르친 개별담당 교원이었고 당중앙위원회 부장) 헤어지는 날, 어린 시절을 사무치게 그려보며 자기에게 성혜림은 누나, 엄마 같다고 몸이 회복되면 돌아와야 한다고, 새벽에 문밖에서 서글프게 웃으며 손을 흔들어주고 떠났다. 그것이 그들의 피할 수 없는 마지막 이별이었다.

김정일이 대학을 졸업하고 예술영화촬영소에 나타나면서 성혜림은 김정일을 누나의 심정으로 각별하게 살폈다. 배우들은 그녀의 자세가 정중하고 세심하기에 언제 저렇게 가까웠는가 의아하기도 했다. 김정일 또한 간격 없이, 어찌보면 누나와 이야기하는 것 같은 착각이 들면서 그들 사이는 어린 시절부터 가까웠다는 것을 알게 되었다.

성혜림은 그럴수록 더 신중히 조심했다. 어떤 장소에서나 김정일을 만나면 다소곳이 허리를 숙였다. 그가 어쩌다 배우들과 이야기하면서 웃을 때도 덩달아 웃지 않았다. 얼굴에 느슨히 미소를 담고 있을 뿐, 소박하면서도 섬세한 그녀의 조용한 성품에 끌려 변덕스럽고 예상치 못하게 포악한 김정일도 남달리 아꼈는지도 모른다.

세월은 그렇게 흘렀다. 파란만장한 인생을 살아온 아버지 성유경은 경상남도 창녕 갑부의 아들로 붉은 바람을 타고 허겁지겁 달려온 평양에서 1982년 78세로 아내의 손에 마음의 짐을 덜고 눈을 감았다. 평안남도 남포에서 향학열에 떠받들려 평양으로, 서울로, 일본으로 처녀로는 걷기 어려운 인생의 길을 헤쳐온 김원주는 당보의 편집주간으로 쟁쟁한 인사였다. 1950년대 초반부터 노동신문은 그녀가 없으면 복잡다단한 국제면은 편집하지 못하는 실력자였다.

그 어려운 나날에 남모르는 눈물은 얼마나 흘렸으랴. 그런 마음쓰임은 성혜림이 사춘기에 접어들면서 사내(이평)의 꾀임에 끌려 17세 나이에 임신으로 집안이 발칵 뒤집혔다. 조용히 수습하고 나니 18세에 또 임신이 되면서 하는 수 없이 결혼을 시켜야 했다. 어미의 가슴이 얼마나 조심스러웠겠는가. 김원주는 그 모든 고심을 가슴에 품고 가족을 끝까지 지켰다. 성혜림이 지나온 날들을 돌아보면서 가슴 아프게 자책한 것은 영화의 주역으로 출연하면서 자기 때문에 무너진 집의 실리를 이제는 자기가 지켜야겠다는 결심을 다지게 되었다. 그러자면 김정일에게 자기를 던져주면서라도 해결하려는 심정으로 어려운 풍랑에서 가정을 이렇게라도 건져놓을 수 있었다.

김원주는 여자의 행보로는 눈물겨운 삶의 먼 길에 어쩔 수 없이 타향으로 떠난 두 딸을 그려보며 평양에서 1994년 89세로 눈을 감았다. 그가 인생을 떠나면서 김정일을 지켜본 심경을 이렇게 당부하고 싶었는지도 모른다.

"자네가 휘도는 이 시간에도 세월은 가네. 자기를 너무 과장하지 말고 잘난 척 허세를 부리지 마시게. 자네의 지식은 내용이 없는 빈 상식일 뿐이네. 자네의 언필㎜筆이 앵무일지는 몰라도 분명 봉황은 아닐세. 내가 한생을 살아오면서 느낀 이것이 자네에게 하고 싶은 당부이니 이제라도 숙고하시게."

성혜림은 가정의 무거운 짐을 살벌한 험지에서 무사히 건져놓고 2002년 5월 모스크바에서 66세로 오순희라는 가명으로 눈을 감았다. 그녀로 하여금 이런저런 사람들이 잘못됐어도 그것은 김정일의 음탕한 처사로 느끼지 누구도 그녀의 방탕한 생활로 탓하지 않는다.

2

"아버지."

대답이 없다. 다시 조심히 부른다.

"아버지?"

박학은 천천히 눈을 뜬다. 아들은 손을 두 손으로 잡고 말했다.

"놀라지 마십시오."

말없이 보기만 했다.

"오늘 우인희가 총살됐습니다."

생각하고 있었는지 눈을 꾹 감는다. 그리고 한마디 던진다.

"영학아, 떠들지 마라."

"예."

그도 이제는 40대로 들어선 중년 배우다. 아버지는 우인희가 배우의 첫걸음을 떼면서 한 동작 한 동작을 어떻게 가르치며 키웠는지 알기에 심적 타격이 못내 걱정스러웠다. 딸처럼 아끼던 황철이 갑자기 세상을 떠나고 동생처럼 딸처럼 살펴주었다. 며칠째 자리에서 일어나지 않고 있었다.

저녁에 인민배우로 명성이 있는 유경애가 왔다. 그는 1948년 영화 〈내 고향〉을 촬영하면서부터 남다른 인연이었다. 배우였던 남편이 갑자기 세상을 떠났다. 남편의 친구였던 박학은 그녀의 생활을 돌봐주면서 이렇게 저렇게 두 아이를 낳았다. 그녀는 이쪽저쪽 애들을 소리 없이 키웠다. 영화인들은 그런 인연을 알기에 그들을 부부처럼 생각했다. 가는 세월을 어쩌겠는가. 생글생글했던 그녀도 이제는 60을 넘기면서 퍼그나 늙었다.

눈물을 흘리며 부른다.

"여보, 우인희가 갔어요. 총살. 어휴, 그렇게까지 죽여야 해요? 사내들은 다 도둑놈들이에요. 그게 무슨 짓이에요."

억심이 풀리지 않는지 또 쏟아놓는다.

"김정일이 처음부터 우인희를 탐냈다는 것은 누구나 알잖아요."

"됐소."

"그년도 너무했어요. 모르는 척 주지."

무겁게 입을 연다.

"우인희가 김일성을 태웠는데 그 자식 김정일까지 어떻게 태우겠소. 그게 인륜인데 그렇게 못하지."

"그 자식이 미친놈이에요."

"그런 말 함부로 하지 마오."

잠시, 다시 묻는 듯 입을 연다.

"김정일이 우인희에게 빠지면 못 떨어져. 그러면 다른 사람들이 피해를 보거든. 성혜림이 자기 몸을 던져 집안을 건졌지. 우인희는 자기 때문에 누가 잘못되는 것을 바라지 않아. 성혜림이나 다른 여자들이 아무리 분칠해도 우인희의 우아한 품위와 비견이 되겠소."

우인희는 어떤 경우에서도 설렁거리지 않는다. 걸음걸이도 언제나 변함없는 그 자세, 그 준한 모습이다. 스쳐보는 듯 웃어보는 선한 눈빛에 부끄러운 듯 손으로 입을 가리는 섬세한 자태는 누가 인위적으로 가르쳐도 되지 않는 그만이 가지고 있는 타고난 천품이다.

"몸조리 잘해요."

"여보, 입조심해."

"알았어요."

손을 꼭 잡아주고 나갔다. 승용차로 태워다주련만 그러기도 싫고 보이지 않는 눈길을 피하고 싶었다. 그에게는 좋은 승용차가 있다. 총리 이상급 아닐까. 재일본 총련합회 의장 한덕수가 김일성, 김정일에게 최상급 승용차를 보냈다. 김정일은 박학, 엄길선에게 인민예술가 칭호는 이미 주었고 누구도 생각지 못했던 번쩍이는 승용차를 선물로 주었다.

박학은 연출대본도 김정일의 의중을 들어보며 작업했다. 권정웅 단편소설「백일홍」도 그렇게 영화로 만들어졌다. 철도의 낙석감시원 여인에 대한 실화를 주제로 한 내용이다. 인적 드문 산골 여인의 형상으로는 소박하고 조용한 성품으로 성혜림의 모습이 주역으로 적합하다고 했다. 승인됐다. 대작은 아니라도 그만하면 성공했다.

영화〈인민교원〉시나리오의 본 제명은 '푸른 산맥'이었다. 박학은 촬영을 끝내고 필름을 편집하면서 수령님과 지도자 동지의 배려가 넘치는데 영화의 제목을 촌스럽게 부르지 말고 수령님께서 안겨주신〈인민교원〉이 좋겠다고 했다. 그렇게 하라고, 주역도 성혜림이었다. 영화〈한 자위단원의 운명〉의 여주역도 그녀를 짚었다. 그는 김정일이 그녀를 어떻게 대하는가, 그의 내심을 넘겨보면서 다른 작업도 그렇게 했다. 그런 처신으로 남쪽에서 올라온 사람들은 거의 숙청되고 추방됐어도 그는 변치 않는 충신으로 남을 수 있었다. 그리고 보면 박학은 여러 모로 반짝이는 사람, 세월의 흐름을 갈라보는 명물이었다.

엄길선은 영화의 연기도 좋았고 연출작업을 하면서 자기 생각은 오직 한가지, 수령님과 지도자 동지의 영상이라고 했다. 실지 그의 생활은 그랬다. 백두산창작단 단장이 되면서도 자기 생각은 오직 한 가지, 예술영화촬영소 부총장이 되면서도 자기 생각은 오직 한 가지, 예술영화촬영소 총장이 됐을 때도 자기 생각은 오직 한 가지. 그는 어느 직책을 맡아도 몇 달을 넘기지 않고 현장에서 살았다. 죽고 사는 충신, 이런 전사들이 어디에 있겠는가. 그들은 불변의 전사들이었다.

그가 현장을 떠나지 않으려는 이유는 단장, 부총장, 총장 이런 자리는 김정일의 눈에 밟히는 것이라 변덕이 심한 그가 어떻게 돌아서겠는지 그 순간의 마음을 알 수 없다. 현장에 있으면 누구의 눈치도 보지 않고 만사가 편하다. 자기는 높은 급에 앉는다고 사회적 대우가 달라지는 것도 아니다. 승용차도 최고급, 국가의 공급도 최상, 아이들도 제 위치들에 섰다.

연극영화대학 연출학부를 졸업한 아들(본남편의 아들)은 연출가로 사회생활을 시작했고 큰딸(본남편의 딸)은 제 엄마처럼 영화배우로, 둘째 딸(엄길선의 딸)도 인물은 별로였어도 아버지, 어머니의 배경으로 영화배우가 됐다. 무엇을 더 바라겠는가. 설렁거리다 죽는 것이 정치다.

얼마 후 예술영화촬영소 총장 허백산이 갑자기 그 직에서 잘렸다. 사람들은 예견했던 일이라 별로 놀라지 않았다. 그가 김일성이 영화 〈마을사람들 속에서〉를 보고 기분이 좋아 우인희의 연기를 칭찬할 때 남편이 있는 2·8영화촬영소로 가지 못했다고 입방정을 털었다.

김정일은 그녀를 어떤 이유로든 보내지 않았다. 사람들은 그의 음욕을 짚고 있었다. 허백산의 생각이 의도였는지는 알 수 없지만 어쨌든 그녀는 김일성의 지시로 2·8영화촬영소로 갔다. 그때부터 허백산은 김정일의 눈 밖에 있었다. 어떻게 처리되는가.

시간 문제였다. 김일성은 시간이 지나 그 사실을 알고 허백산은 내 말을 잘 들었다고 그렇게 무작정 밀어버리면 안 된다고, 문화성 부상에 앉히라고 했다. 그렇게 됐다.

박학은 결핵을 빗대고 문 밖 출입을 자제하면서 영화의 사진첩을 곁에 두고 저녁이면 우인희의 영상을 보면서 끝내 일어나지 못하고 시름시름 앓다가 1982년 70세에 조용히 눈을 감았다. 궁핍한 생활이 아니면 넋 없이 갈 때는 아니었다. 보양식 약들도 좋았고 여유로운 생활이었다.

김정일은 우인희의 총살을 재일교포의 불량한 짓으로, 자기 의도는 아니었다는 뜻이었는지 그녀의 측근들을 이렇게 저렇게 사회적 지위를 높여주었다. 그녀의 절절한 단짝 배우였던 추석봉에게 인민배우의 칭호를 주고 2·8영화촬영소 부소장, 영화인동맹 부위원장, 그런 직책은 명분이지 사회적 의미는 없는 빈 껍데기일 뿐이다. 그는 입이 무겁고 설렁거리지 않는다. 우인희의 사건 이후로는 더 무겁고 침울했다. 조직적 모임이 아니고는 어디에도 참가하지 않았다. 그의 단단한 체구는 점점 굳어지고 있었다.

사상투쟁에서 자기는 무정자라며 그녀를 두둔했던 김룡린에게 인민배우의 칭호를 주고 예술영화촬영소 배우단장으로, 입이 무겁다는 조경순이 사상투쟁에서 지나는 말 한마디로 그럴듯하게 그녀의 인성을 극찬했어도 김정일은 자기의 대범한 품위를 보여주려는 심사였는지 그에게 인민예술가 칭호를 주면서 백두산창작단 연출가로 승격시켰다.

3

우인희의 총살은 보이지 않는 여론으로 사회층으로 계속 흐르고 있었다. 김정일은 〈한 지대장의 이야기〉에서 그녀의 영상을 지우려고 영화를 다시 만들라고 했다. 공훈배우들이던 우인희, 추석봉, 차계룡 역을 인민배우들인 홍영희, 김준식, 서경섭 출연으로 만들었으나 실패로 끝났다. 대실패였다. 김일성은 보는 도중 중단시켰고 평양시 보통강구역 낙원영화관에서 상영된 첫 영화는 비난과 휘파람 소리가 들끓었다. 영화가 끝나고 휘파람을 잡으려 했지만 나서서 저놈이라고 알려주지 않아 끝내 잡지 못했다. 잡혔더라면 그들도 탄광으로 추방됐을 것이다.

김정일은 다시 지시했다. 그녀가 주역으로 출연했던 〈춘향전〉을 이제는 세월이 흘렀다는 이유로 남쪽에서 온 신상옥 감독에게 만들라고 지시했다. 그 역시 실패였다. 영화가 조잡하다는 것이 전문가들의 평이었고 일반인들의 비난이었다. 어떻게 만들었는가. 첫 상영이 끝나고는 영화관들이 텅텅 비었다. 그런 영화를 보다 까딱 끌려갈 것인데 뭣 때문에 보겠는가. 김일성은 우인희의 영화를 더는 건드리지 말라고 했다. 다시 만든 영화 〈한 지대장의 이야기〉〈춘향전〉은 국고에 들어가지 못하고 필름창고에 무더기로 쌓였다.

그런 영화들이 만들어지면서 "우인희가 우인희다"는 여론은

분탕치듯 더 커졌을 뿐, 그녀의 영상이 더 빛나게 되었다. 그런 여론이 이유였는지 김정일은 함경북도로 추방했던 우인희의 남편 유호선과 그의 가족을 평양으로 불러들이면서 "친애하는 지도자"의 배려라고 떠들지 못했다. 눈에 보이지 않는 작은 벼룩도 낯짝이 있다는데 무슨 낯으로 떠들겠는가.

유호선은 2·8영화촬영소 연출가(고문)로, 큰딸은 어머니의 모습이었다. 김정일의 방침이라고 영화배우로 선발하려해도 거절했다. 다시 찾아와도 대답하지 않았다. 후에 방송인으로 사회생활을 시작했다. 방송에 나오면서 우인희의 딸이라는 여론이 삽시에 퍼졌다. 안 되겠는지 내부사업으로 돌렸다. 아름다운 빛을 무슨 수로 가리겠는가. 미의 환영을 죽인다고 그가 남긴 화려한 영상이 지워지겠는가. 그것이 평민들의 가슴에 새겨진 지을 수 없는 진실이기에 예술인들은 처음부터 그녀를 비난하지 않았다. 새로 자라는 신인배우들도 그녀의 보이지 않는 영상에 감정을 숨기지 않고 모르는 척 묻는다.

"우인희가 누구예요?"

"왜?"

"명배우였다면서요."

"어디서 들었어?"

"어른들이 그랬어요."

손으로 입을 가볍게 가려준다. 보이지 않는 우인희의 아름다운 실화는 그렇게 이어지고 있다.

4

모스크바의 2월은 혹독했다. 고드름들이 땡땡 얼었다. 정경희는 김정일의 개인 특사로 성혜림을 찾아왔다. 당중앙위원회 일반사업부에 있던 그는 예술영화촬영소에서 김정일과 성혜림의 관계가 깊어지면서 그의 서기로 영화 〈한 자위단원의 운명〉 촬영장에도 같이 있었고 대동강 건너편 동평양의 인적 드문 미림벌에 설치했던 영화 〈피바다〉의 불타는 마을 촬영을 위한 가설물 현장에도 있었다. 누가 보면 성혜림의 경호원 같기도 했다.

연출가 최익규는 촬영을 지휘하느라 볏짚 낟가리 불 속을 헤집고 다니며 땀을 뻘뻘 흘리고 있었다. 김정일은 그들에게 음료를 보내며 현장을 지켜보고 있었다. 그런 이유로 그녀는 노동당 6차대회에서 당중앙위원회 정치국원으로까지 등단했던 인물이다. 김정일이 보내는 녹용 선물을 받고 성혜림은 자기 때문에 생각이 복잡하련만 보양식까지 보내주는 것은 생각지 못했던 일이었다. 그녀는 경희(김정일 동생 경희와 다른 이름)의 이야기를 듣고 말했다.

"내가 다시 돌아가면 그이의 사업과 생활에 얼마나 부담이겠어요. 나는 이렇게 자리잡았어요. 괜찮아요."

본인만 동의하면 조용히 데려가려는 것이다. 함경북도 경성, 평안북도 삭주, 평안남도 연풍 등 숨겨둘 곳은 어디든 있다. 무슨 일이 있으면 세상이 떠드는 세월이라 의도로 데려가려면 강제할 수 있지만 그렇게는 하지 말라고 했다.

경희가 물었다.

"러시아 작가들이 이진우와 시나리오 공동작업을 하면서 성혜림이 모스크바에 있다고 했다면서요?"

"기자들이 와서 묻기는 했어요. 당신이 영화배우 성혜림 아닌가?"

"누가 그런 말을 했는가?"

"시나리오 작가 이진우를 모르는가?"

성혜림은 러시아어를 구사하기에 그들과 어렵지 않게 이야기했다. 여권을 보여주며 말했다.

"그런 사람 모른다. 나는 오순희다. 그 이후로 나타나지 않았어요."

영화를 통하면서 이런저런 이야기로 이름과 얼굴은 알고 있어도 이진우는 성혜림이 김정일의 품으로 들어간 후에 등단했다. 서로 알지 못한다. 이진우는 시나리오 작업을 하면서 러시아인들이 이야기하자 나는 그런 여자를 모른다. 그들이 남한에서 발행한 자료가 있다고 하자 그런 일이 있었는가? 반문하면서 나는 모르는 일이라고 선을 그었다.

어떻게 들으면 시끄럽다는 애매한 대답이었다. 입에서 던지는 말은 툭해도 다르고 탁해도 다르다고 듣는 사람의 감정에 따라 편파적으로 달라질 수 있다. 이진우의 대답에서 문제가 된 것은 절대 그런 일은 없다. 남한놈들이 그런 헛소리를 잘 만들어낸다. 우리에게는 그런 일이 있을 수 없다. 강하게 밀어붙이지 않았다는 것이 문제로 번졌다.
 성혜림은 두 번째 편지로 인사를 보냈다.

 … 이렇게 다시 말씀을 드릴 수 있어 고맙습니다. 곁에 가까이 모셨던 날들이 나에게 행복이었고 잊을 수 없는 추억입니다. 그 날들을 어떻게 잊겠습니까. 지금도 그립고 달려가고 싶습니다. 그런 생각만으로도 즐겁고 꿈같은 날들이었습니다. 부탁드리고 싶은 것은 음식에 특별히 관심을 두시고 건강은 꼭 자신께서 지키셔야 합니다.
　　　　　　　당신을 그리워하면서 옛 연인 성혜림 올림.
　　　　　　　　　　　　　　모스크바에서.

 건강은 자신이 지켜야 한다는 당부는 폭음하지 말라는 내심의 충고이기도 했다. 지나친 음주는 건강에 나쁘다고 같이 생활할 때도 다정히 살펴주면서 여러 번 간청했다. 첫 번째 편지는 모스크바에 정착하면서 불행을 자초하는 행위일 수도 있는 여자의 심정을 어머니 김원주를 통해 보냈었다.
 … 우리 민족의 정서로는 받아들일 수 없는 생활이겠지만 소련의 먼 동쪽 베링해를 접하고 있는 스포트카 지방의 에스키모인들은 친구가 찾아오면 인사로 아내를 잠자리에 내준다는 내용이 자료적으로 있다면서 여자는 가정에서나 사회적으로 곱든 밉든 화목한 꽃이 아니겠는가. 그런 감정이 겹치면 생활이 어지러

울 수 있겠지만 여자는 꽃이라는 의미에서는 뜻이 있는 것 같다고. 우회적인 이야기로 우인희를 그렇게 죽여야 했는가, 은근하면서도 강한 질책이 아닐 수 없다. 어머니에 대한 서글픈 상처가 깊어 누구보다 그리움이 많은 김정일은 성혜림의 마음을 너그럽게 받아들인다는 뜻이었는지 얼마 후 제목도 그녀의 부름대로 〈여자는 꽃이라네〉 노래를 만들어 사회가 부르도록 방송에서 떠들기도 했다.

성혜림은 서글프게 웃으며 말했다.

"날짜는 밝히지 않겠어요."

이런 글들이 어떤 기회에 세상에 공개될 수 있기 때문이다. 모스크바에서 돌아온 정경희는 당중앙위원회 본청사에서 책임서기 이명제의 안내를 받으며 혼자 사무실로 들어섰다. 김정일은 의자에서 성큼 일어서며 기다리고 있었다.

"먼 길에 고생했소."

자리에 앉기를 기다려 성혜림의 건강과 심중을 전하고 봉투를 전했다. 겉봉에는 아무런 필적이 없었다. 편지를 읽고 눈시울을 적시며 묻는다.

"날짜를 왜 안 적었을까. 나에게는 마음의 기록인데?"

"혹시 어디에 공개될 수 있다고 적지 않았습니다."

"그래, 혜림은 나에게 각별했소."

"자기가 돌아가면 어디에 있든 사업에 근심이 많아진다고 지난 날들로도 행복하다고 하였습니다."

손수건으로 눈을 더듬고 한 걸음, 두 걸음 창밖으로 푸른 하늘을 멀리 바라보며 조용히 흐느꼈다. 감정의 기복이 심한 편이라 눈물도 많은 사람이다. 그는 성혜림이 어릴 때부터 외로운 자기를 다정히 누나같이 엄마같이 품어주던 날들이 눈물 속에 그리웠을 것이다.

김정일이 성혜림의 어머니 김원주를 극히 고맙게 생각한 것은 1971년 백인준 시나리오, 박학 연출 영화 〈꽃 파는 처녀〉가 나온 후 최익규의 총연출로 가극(오페라)으로 개작하면서 주제곡 〈꽃 사시오〉를 수령님이 항일의 어려운 그때 벌써 연극을 만들었다고 떠들었다. 일본이나 중국 특히 남한에서 공연하면 사회가 벌컥 뒤집힐 질 것이라고, 당시 북한은 〈꽃 파는 처녀〉의 공연으로 혁명가극의 본보기라고 전국이 떠들고 있었다.

최초 공연은 1931년 중국 동북지방의 적막한 오가자에서 가설무대를 만들고 김혁이 쓰고 차광수가 연출한 1막 4장으로 된 단막극이었다. 방송도 없고 영화도 없고 출판물도 없던 시절 궁벽한 농촌에서 대단한 인기였다. 인근 주민들까지 찾아왔다. 특히 주제가 〈꽃 사시오〉는 듣기도 좋고 부르기 좋았다.

가사는 김혁이 쓰고 곡은 1840년대 미국 서부개척자들의 애절한 노래 〈클레멘타인〉에 맞춰 부른 것이다. 그는 일본에서 음악을 공부했다. 화음의 음절까지도 그것이었다. 원곡은 1920년대 서울에서도 불렀다. 그런 가사를 김일성이 쓰고 곡은 김정일이 지었다면서 해외로 나간다고 떠들고 있었다. 김원주는 놀랐다.

성혜림이 강서초대소에서 임신으로 평양 중성동에 은거해 들어와 아들 김정남을 낳은(1971년) 후였다. 이렇게 두어서는 안 되겠다 싶어 딸에게 노래의 출처를 이야기했다. 미국을 철천지원수로 저주하면서 어떻게 제 것으로 부르겠는가. 지금은 잠시 있었던 사생활도 떠드는 세월이다. 김정일이 취기가 없이 들어온 날 저녁 어머니의 이야기를 하고 조용히 노래를 불렀다.

　넓고 넓은 바닷가에 오막살이 집 한 채
　고기 잡는 아버지와 철모르는 딸 있네
　내 사랑아 내 사랑아 나의 사랑 클레멘타인
　늙은 아비 홀로 두고 영영 어디 갔느냐.

　노래는 9절로 된 긴 사연이다. 세월이 흐르면서 이렇게 저렇게 번안飜案은 됐어도 음정은 그 곡으로 부르고 있다. 김정일은 원곡의 출처를 모르고 있었다. 심중히 듣더니 씁쓸히 웃고는 깊은 밤 그 길로 나갔다. 다음날 새벽부터 방송에서 〈꽃 사시오〉를 부르지 않았고 해외공연을 한다고 떠들지 않았다. 외부의 소식을 차단하고 있으니 평민들은 그 노래의 출처를 알 수 없다. 평양에서만 공연했다.
　작곡의 명사들인 이면상(음악가동맹위원장), 김린욱(영화음악단), 김길학(영화음악단), 유명천(국립악단), 미국과 척을 지고 있던 모스크바음악대학을 나온 김원균(피바다가극단장)도 노래의 원곡을 알고 있었다. 전국미술전시회에서 정관철(미술가동맹 위원장)이 김일성을 형상한 그림 〈보천보 햇불〉이 레닌의 연설을 표절한 것이라고, 두 화폭을 놓고 대조하며 폭로한 미술가는 사라졌다. 그러니 누구도 나설 수 없었다. 그런 살벌한 체제에서 그런대로 김원주가 나서주지 않았더라면 국제적 망신은 그만두고 예술의 천재라는 자기의 체면이 어떻게 되겠는가. 혼자 생각해도 얼굴이 뜨거웠다.

5

이진우가 갑자기 사라졌다. 무슨 일이지…. 얼마 전 김정일의 넘치는 배려로 영웅칭호를 받았고 대좌로 승진했고 고급 승용차까지 받았다. 그가 잘못될 이유는 없다. 떠들어줄 때는 언제고 돌아서면 끌어가는 이 현실을 무엇이라고 하겠는가. 병 주고 약 준다고 도대체 왜 이러는가. 그는 초기 작품 시나리오 〈전선 넘어 먼 곳에서〉 주제로 영화 다부작 〈이름 없는 영웅들〉로 일약 이름을 떨쳤다. 뒤를 이어 영화 〈세월이 흐른 뒤〉, 6·25전쟁 영화 〈월미도〉를 내놓았다. 그 형상은 우당탕 거짓말로 만들었어도 대중의 인기는 좋았다. 중대장 이대훈 역을 최창수가 그럴듯하게 실화처럼 만들었다. 영화에서 미국인 역은 윤찬이 했다. 연극영화대학 연출학부를 졸업한 배우로 체격이 커서 어찌 보면 우둥통한 미국인 같았다. 영화에서 애절하게 전사한 통신병 처녀 영옥의 역은 그의 딸이었다. 실지로 본 주인공 처녀는 월미도에서 미군에 포로가 되어 거제도 포로수용소에서 전쟁이 끝나 북으로 돌아왔다. 적들에게 항복했던 '귀환병'이라는 처지로 함경북도 온성에서 1974년 굶어 죽었다.

영화에서 미해군 함정들을 격침, 격파했다는 헛소리는 시나리오에서부터 논의된 것이었다. 거짓말도 정도가 있어야지…. 실지 그 전투에 참가했던 강현세는 섬이 점령되기 전 부상으로 후송되었다. 전쟁이 끝난 후 서정서사시「월미도」를 발표하고 시인으로 등단했다. 그 작품에는 병사들이 낙천적으로 싸웠다는 것이지 그런 허풍은 없었다.

조경순이 한마디 말했다.

"우리가 근사하게 만들면 되는 것이지 영화가 국제재판에 나가는 거요. 우리식대로 합시다."

김정일은 그의 주장을 높이 평가했다.

"연출가는 통이 커야 합니다. 대담합니다."

조경순은 뜻밖에 높은 평가를 받고 후일 백두산창작단에서 〈조선의 별〉 연속편을 연출하게 된다.

6

이진우는 여기가 어디인가, 사방이 시멘트벽으로 세워져 어디가 어디인지 알 수 없다. 소문으로 듣던 지하 감방인 것 같다. 철문이 열리고 계원이 들어와 두 손에 수갑을 걸고 밀고 나간다. 어디로…, 알 수 없다. 큰 키에 깡마른 덩치가 마주 서 있다.

"앉아."

앉았다.

"왜 왔어?"

"모르겠습니다."

"몰라?"

책상 밑에서 팔뚝 길이의 손바닥 같은 각반을 내든다. 돼지가 죽으로 만든 것이다. 저것으로 치려는가.

"아직도 모르겠어?"

"모르겠습니다."

상의를 벗겨 팔에 걸치고 바지는 아래로 내린다. 맨살에 눈을 흘기며 입을 사려물고 장작 패듯 휘두른다.

쫙— 쫙— 쫙—.

"헉."

"몰라?"

"허헉, 모르겠습니다."

"아직도 정신이 안 들어?"

이진우는 자기가 알지도 못하는 덩치와 왜 이토록 원수가 되는지 그 이유를 몰랐다.

다시 휘두른다.

쫙— 쫙— 쫙— 퍽— 퍽—.

정신을 잃고 쓰러졌다. 시간이 얼마나 흘렀는지 눈을 뜨니 어디인지 알 수 없다. 찬찬히 생각하니 끌려나갔던 방인 것 같다.

옷은 제대로 걸쳐 있다. 조그마한 구멍으로 밥이 들어온다. 콩밥에 절인 무 한 쪽, 물 한 잔. 들어와 처음 받아보는 것이다. 내가 왜 이렇게 끌려와 앞뒤로 폭격을 당해야 하는지 알 수 없다. 무엇 때문인지 알아야 변명이라도 할 게 아닌가. 아니다. 변명할 이유도 없다. 나는 당에서 하라는 대로 했을 뿐이다. 영웅칭호, 인민군 대좌, 고급 승용차 얼마나 고마운 일인가. 그런 선물은 상상도 못했던 꿈같은 일이었다. 어떻게 하면 하늘 같은 은혜에 보답하겠는가. 그런 욕망은 변할 수 없는 것이 그의 결심이다. 다음날인가. 두 손에 수갑을 걸고 뒤에서 밀고 나간다. 앞에 누가 앉아 있다. 어제 그 덩치가 아니다.

"앉아."

혹독한 고문으로 의자에 앉기도 힘들다.

"바닥에 앉겠습니다."

턱을 끄덕인다. 벽을 기대고 앉았다. 한결 편하다.

"여기에 왜 들어왔는지 모르겠다고 했다지."

"예."

"러시아놈들과 작업하면서 무슨 말을 했어?"

"별다른 이야기하지 않았습니다."

녹음기를 튼다.

"모스크바에 누가 있다고 했잖아."

아, 그 문제였구나. 정신이 번쩍 든다. 그러나 자기는 분명 모르는 일이라고 했는데…

"모스크바에 그런 사람이 있는지 모른다고 했습니다."

녹음기를 끈다.

"그런 일이 있었는가, 반문했잖아."

"나는 그들이 묻는 말이 터무니없는 소리기에 그런 일이 있었는가, 반박한 것뿐입니다."

"그런 말을 했다는 것은 인정하는가?"

"내가 반박한 것은 했다고 해야지요. 나는 분명 정확히 반박했습니다."

"그게 반박인가. 그 말에 동조하면서 더 알고 싶어 물은 거지? 다시 말해. 내가 한 것은 했다고 해야지요."

녹음기를 다시 튼다.

"내가 한 것은 했다고 해야지요."

"러시아놈들이 무슨 소리를 하든, 어디서 그런 소리 들었는가. 문을 박차고 나와야지. 너 같은 이색분자들 때문에 국제사회에서 우리나라가 어려워. 주체혁명의 요구가 뭐야, 김정일 동지께서 바람벽도 문이라고 밀라면 밀어야지."

"외국과 대외문제여서 그렇게 못했습니다."

"이놈아, 어떤 바람이 불어도 당의 존엄을 철벽으로 지켜야지. 사람은 당의 믿음이 없으면 개나 돼지, 소 같은 동물이야. 그렇게 살면 인간은 존엄의 가치도 없는 고깃덩어리일 뿐이다. 알겠어?"

"예."

녹음기를 끈다. 며칠이 지나도 부르지 않는다. 그렇게 얼마를 지났을까…. 비공개 총살로 조용히 끝났다. 2·8영화창작단 일군들도 몰랐다. 얼마 후 당원 명단에서 이름을 삭제하면서 어떻게 된 일인가, 조금씩 알려졌다. 시나리오 작가 이진우의 총살은 그렇게 준비되고 꾸며진 음모였다. 영웅칭호, 인민군 대좌, 고급 승용차는 누구도 생각지 못했던 선물에 선물, 선물이었다. 예술영화촬영소 부총장도 승용차가 없다. 2·8영화촬영소 부소장도 승용차가 없다. 예술단체에서 제일 크다는 피바다가극단 단장도 승용차가 없다. 시나리오 창작사 주필도 승용차가 없다. 그런데 그런 엄청 큰 무더기 선물을 왜 주었을까? 김정일이 그토록 믿고 우대했어도 배신했다고 조건을 만들기 위한 밑거름이었다.

누구에게나 귀중품은 줄 수 있다. 평범한 연출가 박학 엄길선에게 총리 이상급 승용차를 선물로 주었다. 세월을 돌아보면 이진우에 대한 넘치는 선물은 김정일의 음탕한 생활을 숨기기 위한 잔인한 술책이었다. 매력이 넘치는 김현숙은 그녀의 수數로 건드리지 못했고 우아한 우인희는 건드릴 수 없다는 음욕에 처참하게 죽였고 조용히 인내하는 성혜림은 마음껏 즐기고 해외로 떠나보냈다. 그런 사회여론을 덮으려고 창작의 활로를 열어가던 이진우는 그렇게 비참하게 죽어야 했다.

그처럼 떵떵거리며 갖은 처세를 부리던 김정일도 뇌경색으로 다리를 끌면서도 마음이 불안해 어디든 편히 앉아 있지 못하고 부지런한 척, 국가를 책임지는 척, 여기저기 다니다 집(경림동 김영숙의 거처)으로 들어와 2011년 12월 17일 새벽 69세로 세상을 떠났다. 그는 90은 넘을 것이라 자신하고 있었다. 그런 헛심이 어찌 운명의 탓이겠는가. 김일성이 그토록 염려하며 그려본 보이지 않는 무언의 저주는 어디에나 있다. 권력으로 방탕한 자에게는 더 혹독하게 차례진다는 것이 역사의 지울 수 없는 후문이다. 그것이 그의 피할 수 없는 처처한 운명이었는지도 모른다.

후일담
— 작가의 말을 대신해서

1

내가 영화배우 김현숙을 처음 만난 것은 우연이다. 1961년 11월 평양철도 보통강역이었다. 집이 근처여서 남포에서 들어오는 열차를 타고 평양역으로 출근을 기다리고 있었다. 그녀는 몇 달 전 영화 〈벗들이여 우리와 함께 가자〉의 주역으로 명성이 있었다. 그에 대한 첫인상은 영화에서처럼 반 군복차림에 어깨를 스치는 중 단발머리의 모습이 20대 중년이라도 여고생 같은 매력이 넘치면서도 다정한 여인이었다.

영화인들은 자신을 단련하는 혁명화의 기회로 기양트랙터공장 확장공사를 지원하려고 매일 남포 방면 열차를 기다리고 있었다. 열차를 기다리는 동안 내가 책을 보는 것이 눈에 띄었는지 학생으로 생각하고 친근하게 말을 걸어왔다. 그는 남포 방면, 나는 평양역 방향으로 서로 엇갈려 떠나지만 우리는 아침마다 그 시간에 만나면서 가까워졌다.

영화배우 우인희를 만난 것은 1962년 3월이었다. 그녀는 국립연극극장 총장이며 연출가 겸 예술학교 교장이던 황철이 개성에서 데려왔다. 어머니가 딸을 만나러 평양에 오면 내려가는 열차표를 구하기 어려웠다. 전쟁이 끝나기는 했어도 사회생활 전반이 어수선하던 때라 열차표는 암표상들이 부르는 것이 값이었다.

평양역은 당시 환경에서는 엄청 큰 건물이었다. 누가 찾아왔다기에 역사 밖으로 나가니 키가 훤칠한 여인이 손편지를 준다. 받아보니 중학교 동창이 부탁하는 소개로 우인희라고 적혀 있었다. 목수건으로 얼굴을 높이 가려 알아볼 수 없었다. 수건을 벗는다. 영화 〈춘향전〉의 우인희였다. 화장을 진하게 하지 않았어도 첫인상이 어딘가 은근히 우아했고 느슨히 웃어보는 모습이 아름다웠다. 그녀는 서울, 나는 전라남도 순천, 같은 남쪽 출신이라는 의미였는지 우리는 그렇게 점차 가까워졌다.

영화배우 성혜림은 1964년 5월로 기억된다. 그녀도 영화촬영소에 있는 중학교 동창의 편지를 가지고 왔다. 첫인상이 영화 〈분계선 마을에서〉처럼 수더분한 농촌 여인의 모습이었다. 얼굴색이 밝고 화려하지 않아도 웃어보는 눈길이 어린아이를 바라보는 듯한 예감이 나쁘지 않았다.

나는 어릴 때부터 나이보다 어리게 보는 경향이 있었다.

"마스크(얼굴)도 멋진데 왜 연기를 안 했어요?"

그런 이야기는 1957년 연출가 천상인이 배우 유원준과 같이 연출작업용 풍차를 타고 나를 누구의 아역으로 쓰겠다고 아버지를 찾아왔었다. 부친은 안 된다고 선을 그었다. 우리 집안 내력이 보수성이 강했다. 나의 생활에서는 그런 일도 있었다. 그런 이유가 후일 영화인들을 만나는 계기가 되기도 했다.

그녀는 첫 만남에서 함경북도 길주행 열차표를 부탁했다. 아버지가 그쪽에서 근무하고 아저씨(언니 성혜랑의 남편)도 홍남에 있다고 했다. 차표와 함께 침대표를 구해주니 너무 좋아 눈물을 글썽였다. 침대표는 역내 사람들도 구하기 어려웠다. 내가 평양역에 들어갈 때 같이 들어왔던 처녀들이 그때는 차표소에 앉아 있었다. 우리는 그렇게 만나면서 서로 남에서 왔다는 마음이 더 가까워졌는지도 모른다. 멀리 흘러간 시절을 돌아보면 세 여인은 나보다 6~7년 이상이었어도 우리는 다정했고 친근하게 이야기할 수 있었다.

세 여인의 인상을 보면 김현숙은 약간 도드라진 얼굴에 밝은 동색 살결이 어깨를 스치는 중 단발머리로 매력이 있었다고 할까. 우인희는 흰 살결에 진한 눈썹 밑에서 시원스럽게 웃는 듯한 큰 눈이 맑은 물속에서 헤엄치는 동화의 그림이라고 할까. 성혜림은 영화에서처럼 농촌 여인의 순진한 모습이 밭에서 일하면서 햇볕에 탄 듯 진한 동색이 약간 어두워 밝고 화려하지 않아도 안겨보고 싶은 다정한 품이라고 할까.

1973년 9월 5일 평양 지하철 개통식을 하고 갑자기 승강기의 큰 사고로 중단됐었다. 운행을 복귀하고도 당분간 일반 이용은 자제하고 필요한 사람들만 태우고 있었다. 영화배우들인 김현숙, 우인희, 송영애, 오미란이 갑자기 나타났다. 예술영화촬영소에 있는 친구가 데리고 온 것이다. 그때 나는 군복을 입고 지하철에 근무하고 있었다. 송영애와 오미란은 처음 상대했다.

오미란이 나를 찬찬히 보며 말했다.

"정말 멋지네요."

31세 나이보다 퍽 어려보이는 청년이니 그렇게 보일 수도 있었다. 김현숙이 나를 껴안으며 말했다.

"우리는 오래 전 친구였지."

우인희는 두 손으로 내 얼굴을 싸주며 말했다.

"군복을 입으니 더 멋져."

오미란이 탄성을 불렀다. 송영애는 서글프게 웃고 있었다. 그녀는 김정일의 농간으로 남편과 헤어지는 과정이었다. 그날 만났던 그들의 밝은 모습이, 김현숙과 우인희가 나를 동생처럼 스스럼없이 껴안으며 웃던 그리움이 지금도 눈에 삼삼하게 그립다. 며칠 후 우인희는 자기의 개인문제로 나를 다시 찾아왔었다.

2

연출가 오병초, 엄길선 등 영화배우들은 이런저런 기회에 만날 수 있었고 소설가 시인들은 어릴 때부터 나름대로 문학을 공부하면서 소설가를 스승으로 만났다. 그분은 내가 남쪽 출신으로 성공하지 못하는 것을 못내 아쉬워했다. 천세봉은 취재로 철도 현지에 나온 것을 하루 동행하게 된 것이 기회가 됐다. 소설가 김병훈, 석윤기, 정창윤, 석인해, 김홍무, 이인직, 소설가 겸 극작가 송영, 여류소설가 이정숙, 시인 강현세, 오영재, 김철, 박근 등 여러 문인을 만날 수 있었다.

스승은 나를 만나면 동생처럼 곁에 앉혀주며 이야기했다. 4·15창작단 최초 일원이었고 소설창작에 큰 발자국을 남겼다. 1972년 9월로 기억된다. 나는 여류소설가 이정숙, 극작가 송영과 함께 대동강 유보도를 걸으면서 조용한 끝자락으로 갔다. 그곳에 4·15창작단 성원들이 휴식하고 있었다. 그곳까지는 1.5킬로미터 정도의 거리였다. 천세봉, 김병훈, 석윤기, 황건, 권정웅, 아동작가 강효순 등이 있었다.

그들은 송영을 알아보고 성급히 달려와 인사를 나누고 잔디밭에 잠시 모시고 앉았다. 그의 처지는 김정일에게 대외문화협력위원장 자리에서 잘려 평양시 창작실에서 밥을 얻어먹는 신세였다. 그러나 그런 간격은 없었다. 천세봉은 작가동맹위원장, 강효순은 부위원장, 석윤기는 4·15창작단 초대 단장, 김병훈은 초대 비서였다. 문학인들 속에서 그들의 위상은 대단했다. 나는 문학에 대한 그들의 이야기를 들으면서 오래 전 선배를 깍듯이 모시는 모습에서 지성인들의 보이지 않는 심원한 의리를 곁에서 느낄 수 있었다.

이야기 중에 내가 석윤기에게 물었다.

"선생님, 「행복」을 왜 그렇게 썼습니까?"

"왜?"

"단편으로는 너무 아까운 것 같습니다."

"그래…."

김병훈이 말했다.

"다른 선생이 장편으로 쓰고 있소. 김재규 알지?"

"예."

석윤기의 단편소설「행복」은 1960년대 중반 잡지『조선문학』에 실렸다. 내용은 대한민국 국방장관 신성모의 동생 신성우의 이야기다. 그는 정형외과 박사로 함흥의대학장 겸 병원장이었다. 석윤기가 그에 대한 소설을 쓴 것은 남에서 왔나는 농질의 마음이 아니었나 싶다. 그는 소설「무성하는 해바라기」「피바다」를 쓰고 다른 작품을 쓸 기회가 없었다. 김일성의 일대기 총서 '불멸의 역사' 편「고난의 행군」을 쓰고 있었다. 그 후에 나온 김재규의 장편소설은 제목을 그대로『행복』으로 발표됐다.

김병훈은 소설「숲은 설레인다」「빛나는 시절」「한 자위단원의 운명」「꽃파는 처녀」를 쓰고, 총서 '불멸의 역사' 편「준엄한 전구」를 쓰고는 김일성의 회고록 전 8권 내용을 당중앙위원회 역사연구소가 넘겨주는 자료를 받아 정리하고 쓰느라 수년이 걸렸다. 자기 작품 구상은 있었어도 쓸 수 없었다.

천세봉의 소설에서는 흙냄새가 나고 석윤기의 소설에서는 철학의 사색이 있고 김병훈의 소설에서는 문장이 순탄하고 아름답다. 소설 제목들도 나름대로 자기의 특색이 있다. 천세봉의 중편소설「흰 구름 피는 땅」장편소설「석개울의 새봄」, 석윤기의 중편소설「전사들」장편소설「시대의 탄생」, 김병훈의 중편소설「봄소나기」장편소설「숲은 설레인다」. 그들의 단편소설들도 그렇다. 석윤기의「폭풍우」「행복」은 무게가 있고 김병훈의「길 동무들」「나의 벗들」은 제목 그대로 자근자근 조용히 흐른다. 제목들을 보면 소설가의 성향이 느껴지는 것 같다. 그 며칠 후 송영은 조용히 함경북도로 추방됐다.

1970년대 후반부터 천세봉은 심했던 위병이 암으로 전이되면서 고급 약제를 썼어도 끝내 눈을 감았다. 석윤기도 보양식에 고급 약제를 쓰면서도 폐암으로 떠났다. 북한 문학의 큰 몫이 김병훈에게 지워졌어도 약한 체질인 그는 수년간 김일성의 회고록『세기와 더불어』를 쓰느라 다른 소설을 남기지 못했다. 그 후 최재우, 김정 등이 나타나기는 했어도 소설문학의 대부의 길은 끊긴 셈이다.

3

나는 1954년부터 평양 제1고급중학교에 다녔다. 학교는 김일성이 러시아식 10년제 학교로 개편하기 위한 시범단위학교였다. 고급반, 중급반, 인민반(소학교)이 있었다. 나는 인민반 4학년이었다. 바로 옆에 유라(김정일의 본명)가 다니는 남산학교가 1.5킬로미터 거리에 있었다. 그런 이유로 이야기를 들을 수 있었고 그의 친구들이 나의 친구들이기도 했다. 우리는 서로 가까이 알지 못해도 동갑들이었다.

　후일 그가 국가사업을 한다고 왕창 떠들 때 곁에는 친구들 몇이 있었다. 김정일은 우인희 사건 후 세월이 흐르면서 서글프게 후회했다. 얼큰하게 취했을 때 측근에게 이런 말을 했다고 한다.

　"우인희, 아름다우니까 그 자식이 마음먹고 달려드니 당했겠지. 여자들에게 그런 일이 있을 수 있지."

　돌이킬 수 없는 회한悔恨의 추억이었다. 그 측근이 바로 나의 친구였다. 그는 먼 곳에 있는 성혜림을 몹시 그리워했다고 한다. 그를 데려다 보는 눈들이 있으니 곁에 가까이 두지는 못해도 평양시 근교 어디에 두고 이따금 만났더라면 그렇게 일찍 설명하지 않았을 것으로 생각된다. 그녀는 그의 건강에 각별했다. 거느리는 여자들이 많아도 누우라면 누워야 하고, 벗으라면 벗어야 하는 노리개였다. 성혜림처럼 누나 같이 엄마의 마음으로 보채는 아이를 달래듯 광기의 쾌락을 받아주면서도 건강을 아낌없이 챙겨주었다.

　김정일은 중고생 때 곁에서 가까이 놀아주는 친구들이 없어 일부러 반월도(현 5·1일 경기장)로 이런저런 친구들을 데리고 건너가 흑맥주(주정 18도)를 매일 마셔 중독이 된 체질이었다. 그들은 얻어먹는 재미가 있어 그가 부르는 대로 몰려갔다. 작은 체질에 지나친 음주가 그를 일찍 데려간 것이 아닌지. 성혜림의 영화촬영이 본격화되면서 어머니 김원주가 나에게 다녔다. 그 연줄로 나도 군복을 벗고 지방으로 멀리 떠나야 했다. 세월이 흘러

1992년 9월 대동강변에서 조용히 만날 수 있었다.

  김정일이 불행한 것은 고의였든 아니었든 그에 대한 노래가 수십 편 있어도 어느 하나 명가사, 명곡이 없었다. 누가 쓰고 만들었다고 해도 그 풍이 그 소리였다. 그가 얼마나 불편했으면 창작가들을 모아놓고 속심을 털어놓았겠는가, 당에서는 동무들에게 줄 것(인민예술가, 고급 시계, 표창장, 영웅메달, 승용차 등)은 다 주었다. 그런데 왜 노래 하나 제대로 못 만드는가. 후일 그를 추억하면서 부를 만한 노래는 끝내 나오지 않았다.

  그때로부터 70년이라는 장구한 세월이 흘렀다. 우인희가 총살됐다고 했을 때 나는 믿을 수 없었다. 젊은 시절 나의 절친한 여인의 동생(그는 성혜림과 같이 캄보디아의 축전에도 갔었고 후일 김정은의 어머니 고용희의 무용을 지도했던 고급 무용수였다)에게서 총살 현장의 전말을 듣게 되었다. 너무도 가슴이 저미는 절망스러운 사실이었다.

  나도 이제는 파릇파릇했던 청년시절을 지나 80을 넘긴 고령으로 지나간 날들이 아득히 그리울 뿐이다. 김현숙, 우인희, 성혜림은 나에게 고마운 여인들이었고 다정한 친구들이었다. 이 실화의 이야기를 쓰면서 그들 하나하나의 모습이 그리워 마음이 젖기도 했다.

2025년 8월 15일

영화광 김정일의
아름다운 여인들
김병관 실화 장편소설

지은이_ 김병관
펴낸이_ 조현석
펴낸곳_ 북인
디자인_ 푸른영토

1판 1쇄_ 2025년 09월 27일
출판등록번호_ 313 - 2004 - 000111
주소_ 121 - 842 서울 마포구 서교동 460 - 34, 501호
전화_ 02 - 323 - 7767
팩스_ 02 - 323 - 7845

ISBN 979-11-6512-510-3   03810
값 15,000원

ⓒ김병관, 2025

이 책의 글과 그림에 관한 저작권은 저자와 출판사에 있습니다.
저자 허락과 출판사 동의 없이 내용의 일부를 인용, 발췌를 금합니다.